Hanna Johansen

Über den Wunsch, sich wohlzufühlen

Geschichten

Carl Hanser Verlag

ISBN 3-446-14306-8

Umschlag: Klaus Detjen, unter Verwendung eines Bildes
von Pierre Bonnard
Gesamtherstellung: F. Pustet, Regensburg
Printed in Germany

Ein Maler von Natur

Eine asphaltierte Straße mit ausgefransten Rändern. Zu beiden Seiten abgeblühtes Unkraut. Sonst geht hier niemand. Es gibt auch keinen Fußweg. Alle fahren mit dem Bus. Wenn ich es eilig hätte, würde ich das auch tun. Oder sie fahren mit dem Wagen. Die Straße geht erst um das Industrieareal herum, dann kommt freies Land. Das Land ist noch grün, die Büsche grün, während an manchen Bäumen die Blätter schon widersprüchliche Farben angenommen und sich vom Sommer sozusagen losgesagt haben, indem sie nachlässig an ihren Zweigen haften, als wäre es ihnen gleich, was mit ihnen geschieht.

Am weitesten ins Land hinein reicht der Hof der Wendeltreppenfabrik. Fertig gegossen aus Beton lehnen sie auf dem Grund, schräg, sie stehen nicht, sie liegen nicht, Wendeltreppen in verschiedenen Größen mit einer starken Säule in der Mitte.

Dann sehe ich eine einzelne Kuh, die kopfschüttelnd auf ihrer Weide steht. Sie knickt ein, erst in den Vorderbeinen, dann hinten. Sie läßt sich fallen. Die Körpermasse schaukelt nach und liegt dann still. Einmal schnauft sie laut über den Boden hin und beginnt danach mit ihren pelzigen Ohren zu wedeln wegen der Fliegen, die den Herbst noch aushalten, bis sie das weiche Maul aufmacht zu einem dunklen traurigen halbrunden Loch, das sie mit ausgebreiteten Ohren erst dem Himmel und dann einem dürren Zwetschgenbaum entgegenhält. Ihr Schwanz ruht. Die Ohren ruhen. Später bewegt sie sich wieder, indem sie den Kopf wendet und

ihre Zunge streckt, um sich am Ellbogen zu lecken. Dann sieht sie ein stehengebliebenes Grasbüschel an mit dunklem Blick, und ein großes leises Brummen kommt tief aus ihrem Körper. Und dann schaut sie mich an. Ich sehe ihr ins Auge.
Vor einer Stunde bin ich mit dem Bus herausgekommen. Die Kuh ist mir nicht aufgefallen. Ich habe auf der andern Seite hinausgeschaut. Dort sah ich nicht weit von der Computerfabrik im Grünland einen gutgekleideten Mann vor einer Staffelei sitzen. Und nun möchte ich wissen, was er malt.
Der Bus fährt vorbei, stadteinwärts. Das wäre mein Bus gewesen. Er ist leer um diese Zeit.
Der Maler friert. Auf seiner Leinwand ist grünes Land unter einem wolkigen Himmel, der dem heutigen Himmel nahezu entspricht. In der Mitte eine Gruppe von Büschen, deren Eigenarten sehr liebevoll ausgeführt sind.
Darf ich sehen, was Sie machen? sagte ich.
Er drehte sich verwundert um.
Bitte, sagte er. Ich habe Sie nicht erwartet. Gern. Kommen Sie. Er stand von seinem Klappsitz auf und kam mir ein paar Schritte entgegen. Dann blieb er stehen, unschlüssig, ob er weitergehen sollte. Es war ein kleiner Mann, zwar nicht auffällig klein, aber es war doch das erste, was man an ihm bemerkte, weil seine Bewegungen ein unüberwindliches Bedauern darüber auszudrücken schienen, daß er so klein war.
Kommen Sie nur, sagte er, spreizte seine Hände, sah zum Himmel und sagte: Bald wird es regnen.
Das Haar des Malers war fast schwarz. Es hing ihm seitlich über die Ohren und hinten auf den Kragen. Jetzt, wo er mit mir sprach, strich er all sein Haar nach hinten. Er stand

immer ein wenig gebeugt, auch dann, wenn er zum Himmel blickte.

Und wirklich, von seinem Standort sah man genau das, was auf dem Bild war. Den Himmel und das Grün. Von hier rückten links die Computerfabrik, rechts das Möbellager und im Hintergrund der gestreifte Schornstein gerade so weit auseinander, daß sie außerhalb der Leinwand standen. Das wirkliche Gebüsch zwischen ihnen sah aus wie das, welches er gemalt hatte. Davor lag eine Kuh. Der Maler tupfte ein paar Grüntöne von seiner Palette und setzte sie auf die Kuh.

Was machen Sie?

Sehn Sie die Kuh? sagte er.

Ich kenne sie, sagte ich.

Eine Woche hat sie hier gelegen. Jetzt hat man sie auf die andere Weide gebracht.

Das macht doch nichts, sagte ich.

Nein. Das macht nichts, sagte er. Aber das ist kein Grund, daran festzuhalten.

Auf seinem Gesicht, das während dieser Worte das Gesicht eines Künstlers gewesen war, wurde ein Staunen sichtbar.

Was tun Sie hier? sagte er.

Ich wollte gern sehn, was Sie malen.

Was *Sie* hier tun. Hier draußen. Sie arbeiten in der Fabrik.

Nein, sagte ich. Das heißt, ich habe mich vorgestellt. Im Büro. Aber ich tu es nicht gern. So auf dem Lande. Wenn man in der Stadt wohnt.

Auf dem Lande? sagte er.

Mehr oder weniger, sagte ich.

Haben Sie sich hier mal umgesehn?

Ich hatte mich umgesehn. Es war alles erschlossen. Weiter

hinten gab es ein Dorf. Aber nicht mal die Haltestelle war im Dorf. Der Bus hielt gleich da, wo die Arbeitsplätze waren.

Außerdem ist die Stelle schon vergeben, sagte ich. Das ist immer so. Sie bestellen einen bloß her. Das sieht besser aus.

Sie hat das ganze Gras abgefressen, sagte er.

Ein paar Büschel, die sie nicht mochte, standen noch.

Ich will Ihnen die Wahrheit sagen, sagte er, dem Fuß des Buschwerks zugewandt. Dann schwieg er eine Weile, während der er aufmerksam an einem Schatten arbeitete.

Warum will er mir die Wahrheit sagen, dachte ich.

Wissen Sie, daß wir auf einem Schlachtfeld stehn?

Nein.

Es war ein außerordentlich beliebtes Schlachtfeld gewesen. Er erklärte mir, wie es im Lauf der Jahrhunderte immer wieder als Schauplatz für die sogenannten kriegerischen Handlungen ausgewählt wurde. Er wußte nicht recht, warum. Die landschaftlichen Reize waren beschränkt, die Verkehrsverbindungen schlecht, die Dörfer arm. Bodenschätze keine, obwohl natürlich heute ziemlich viel Eisen im Boden steckt, sagte er. Irgendetwas an der Lage muß dem Adel gefallen haben, sonst hätte er ja nicht immer wieder seine Heere hier aufeinandertreffen lassen.

Vielleicht wollten sie es vermeiden, allzu viel fruchtbaren Boden zu verwüsten, sagte ich.

Das kann ich mir nicht vorstellen. Das sieht ihnen überhaupt nicht ähnlich.

Ich bin Bibliothekar, sagte er. Das heißt, ich war Bibliothekar. Vorgezogener Ruhestand. Ich brauche Zeit zum Malen, viel Zeit, sonst bin ich kein Mensch. Ich will Ihnen

die Wahrheit sagen. Das war kein Leben. Ich hätte ebensogut Schiffsoffizier werden können oder Meteorologe. Auch Buchhalter. Rechnen liegt mir. Aber für irgendwas muß sich der Mensch ja entscheiden. Nicht wegen der Bücher. Bücher haben mich nie interessiert. Meine Liebe gilt dem Bild. Ich bin ein visueller Mensch, nicht wahr.
Ich male eigentlich immer, sagte er.
Auf mich wartet keiner, sagte er.
Haben Sie keine Familie?
Nein, nein. Das nicht.
Er setzte sich auf seinen Klappstuhl und schaute die Palette an. Zu viel Grün, sagte er. Früher hatte ich einen Bruder. Ich habe mich von ihm getrennt. Von ihm losgesagt habe ich mich. Hoffentlich erschreckt Sie das nicht.
Warum soll mich das erschrecken?
Sie haben recht, sagte er. Wolken liegen mir nicht. Das ist Begabungssache.
Seit Wochen stehe ich hier und male, sagte er kopfschüttelnd, und heute, ausgerechnet am achten, kommen Sie. Sonst nie einer. Das ist bemerkenswert, glaube ich. Oh, oh, sagte er, das viele Malen. Wenn Sie wüßten, was mich das kostet. Fünfzehn Mark für eine einzige Tube. Und auch die Pinsel. Sie sehen ja, was man alles braucht. Malen Sie auch? Sie müssen malen.
Nein.
Das ist schade, sagte er.
Am andern Tag war die Kuh von seinem Bild verschwunden. An ihrer Stelle Grün. Die Kuh auf der Weide war auch weg. Er stand sofort von seinem Stuhl auf, als er mich sah.
Acht Tage ist sie dagewesen, sagte er. Wo mag sie jetzt sein?

Vielleicht ist sie tot, sagte ich, ohne nachzudenken.
Nein, nein, sagte er. Kühe sterben nicht.
Jetzt ist Ihr Bild fertig, sagte ich, während er in einem trübsinnigen Lila rührte.
Nicht ganz. Das Gras muß noch älter werden.
Es ist ein Jammer, daß Sie nicht malen, sagte er, schüttelte wieder den Kopf, ließ ihn dann hängen, schaute kurz zu mir auf, als wäre es nicht recht. Dann mischte er wieder.
Ich habe keine Begabung, sagte ich.
Begabung? Ja, das braucht man wohl. Aber ich sage Ihnen: wichtig ist, daß man ein Auge hat. Verstehn Sie. Ein Auge muß man schon haben.
Gefällt Ihnen das Bild?
Es gefiel mir wirklich. Ich konnte gar nicht anders.
Eine Woche später stand er am gleichen Ort. Er lächelte, als er mir entgegenkam.
Sie haben die Stelle bekommen, sagte er.
Nein, sagte ich.
Dann war sie schon besetzt.
Ja. Das war sie.
Sie lieben die Arbeit im Büro, sagte er.
Nein.
Aber es ist Ihr Beruf. Man muß seinen Beruf lieben.
Es ist nicht mein Beruf. Ich bin Lehrerin.
Ach so, Lehrerin. Dann haben sie vielleicht nicht die richtige Ausbildung für die Stelle.
Doch. Ich habe einen Kurs gemacht. Ich kann alles.
Kurse sind gut, sagte er. Ich will Ihnen sagen, was ich denke. Mit den Berufen ist es so eine Sache. Mein Chef hat mich geschätzt. Er hat mich all die Jahre befördern wollen. Die jüngeren Kollegen mochten mich auch. Ich habe immer sehr sorgfältig gearbeitet. Verstehn Sie.

Ich spreche nicht gern darüber. Man braucht unglaublich viel Energie. Sie haben es alle ausgesprochen gut mit mir gemeint.
Man konnte sehen, daß ihn der Gedanke überhaupt nicht freute.
Er fügte hinzu: Von Ausnahmen abgesehen. Ausnahmen gibt es immer.
Die Anzeichen von Müdigkeit verschwanden aus seinem Gesicht, als er mir seine Staffelei zeigte. Herbst. Ich sah jetzt eine Baumgruppe in braunen, grünen und gelben Farben, alle erst angedeutet, gedämpftes Gegenlicht, leicht schräg.
Schön, sagte ich. Ich mag schräges Gegenlicht.
Ein leuchtender Baum in Rot, aber fast schon kahl. Er stand im Vordergrund. All seine schwarzen Äste waren zu sehen, wie sie sich in den Himmel streckten. Er hatte die Staffelei gedreht, um diese Ansicht in den Blick zu bekommen. Und das Möbellager, von dem ununterbrochen Möbelwagen aufzubrechen schienen, lag nun links, außerhalb des Blickfelds.
Ich möchte wissen, sagte ich, wer all die Möbel bestellt. Werfen sie die alten weg oder bekommen sie plötzlich doch ihre Fünfzimmerwohnungen? Er wußte es auch nicht.
Er sagte: Sie lieben Bilder, das sehe ich. Man kann die Menschen unterscheiden nach solchen, die für die Kunst sind, und andern, die sie hassen. Sicher haben Sie ein Lieblingsbild.
Ich hatte nie darüber nachgedacht. Aber wie von selber fiel mir ein goldenes Bild ein, das aus lauter Licht und Luft bestand und das ich vor langer Zeit einmal gesehen hatte. Ich hatte seither nie mehr daran gedacht.

Ja, sagte ich. Es ist eine Eisenbahn drauf, die über eine Brücke fährt.
Ein Meisterwerk ohne Zweifel, sagte er. Aber sprechen Sie nicht von Eisenbahnen. Ich hasse Eisenbahnen. Nie mehr werde ich eine Eisenbahn betreten. Das letzte Mal war am ersten Mai. Schon vor Jahren. Denn was am ersten Mai geschieht, das vergißt man nicht.
Und nun? Womit reisen Sie nun?
Ich reise nicht. Nie. Wegen der Eisenbahn. Es liegt nicht an der Welt. Die Welt würde mich schon freuen, das sehn Sie ja. Aber sehn Sie es vor sich, dieses Eisenbahngrün? Es ist unerträglich. Man kann ja nicht auf dem Gang stehenbleiben die ganze Zeit. Sehen Sie es? Sehen Sie, wie es dem Uniformgrün gleicht? Das sehen Sie wohl nicht.
So habe ich es noch nicht gesehen.
Und mein Bruder, sagte er dann, damals habe ich ihn zum letztenmal besucht. Es war das letztemal, das schwöre ich Ihnen. Er ist jünger als ich und hat es doch zu etwas gebracht. Sie kennen ihn nicht. Er ist im diplomatischen Dienst. Da stört es ihn, wenn ich male. Sie haben einen Orangenbaum im Garten. Wissen Sie, was sie im Winter machen? Sie tragen ihn ins Haus. So ein Orangenbaum verträgt nicht viel. Der braucht Pflege.
Ja, sagte ich.
Haben Sie einen Orangenbaum?
Nein.
Nie mehr, sage ich Ihnen. Er hat keinen Sinn für den vorgezogenen Ruhestand. Einer von denen, die nur ihre Arbeit kennen. Wenn Sie wissen, was ich meine.
Das Wetter hielt sich. Das Licht blieb sich gleich. Höchstens daß ein leichter Wind ihm die Blätter bewegte, aber das störte ihn nicht. Manchmal kniff er die Augen zusam-

men, wenn er zurücktrat, um seinen Gegenstand zu prüfen, manchmal riß er sie auf.
Wenn Augen so grau sind wie seine, dann kann es sein, daß Erinnerungen in ihnen ganz verlorengehen. Die Augen sahen aus, als hätten sie früher Farbe gehabt und wären nun verblichen. Aber das gibt es nicht.
Sehn Sie das? sagte er.
Er sah mich an. Er stand gebeugt mit erhobenem Kopf. Trotzdem fielen ihm die Haare ins Gesicht. Ich sah alles. Ich sah den Baum. Ich hörte den Bus und die Möbelwagen. Ich sah, was er malen wollte, Natur, Blätter, die nicht mehr halten, ein vorwinterliches Zwei-Uhr-Flimmern, das schwer zu malen ist und nie gelingt. Im Roten die schwarzen Äste des Baums, die sich zum Himmel streckten.
Die Arme von vielen Engeln, sagte er. In Harmonie. Wissen Sie, was mich eine Leinwand kostet?
Ich wußte es nicht.
Meine Erinnerung, sagte er, hält sich an das Wichtige. Was soll man mit Erinnerung, wenn sie sich nicht an die großen Linien hält?
Und an was hält sich meine Erinnerung? An Kleinigkeiten, an krauses Zeug, an unvorhersehbare Einzelheiten, die dann nach Jahren für das Ganze stehen. Will ich das? Will ich, daß zufällig gespeicherte Nebensachen, denen man gar kein Gewicht beigemessen hat, die aufgestiegen sind wie ein ohnmächtiger Rauch, später als Erinnerung gelten und für unabsehbare Folgen gradestehn müssen?
Kennen Sie die Geschichte von der Königin mit den drei halben Tellern? sagte er.
Nein. Ich hatte sie nie gehört.
Sie hat all ihre Teller zerbrochen.

Dann mußte sie mit drei halben Tellern zurechtkommen ihr Leben lang.
Der Himmel änderte sich. Im Rücken des Malers stiegen die Wolken. Sie schienen sich am Horizont aus dem allgemeinen Grau zu bilden, kamen näher, zogen über unsere Köpfe und tauchten dann in seinem Blickfeld auf. Busch- und baumartige Bildungen mit bemerkenswerten Rändern. Er legte sein Malzeug auf den Stuhl und sah ihnen zu.
Schön sind sie, sagte er. Brutstätten des Unglücks.
Sie müssen sie nicht malen, sagte ich. Das durchsichtige Grau auf seinem Himmel war gut geraten.
Sie haben vollkommen recht, sagte er.
Am andern Tag war sein Land verändert. Ein schwacher Hauch von Weiß lag über der ganzen Aussicht. Nicht Schnee, nur eine Andeutung, wie wenn ein Mensch auf einen Spiegel haucht. Er hatte eine neue Leinwand vor sich. Eine unmerkliche Veränderung bedeutet alles oder nichts für einen Künstler. Das Bild von heute hatte mit dem Bild von gestern nichts gemeinsam. Zwei Welten.
Außerdem war das Land gepflügt. Von einem Tag auf den andern hatten sie die Weide in einen Acker verwandelt. Schollen mit weiß gezeichneten Kuppen.
Ich hatte einen Schrebergarten, sagte er. Dann krümmte er sich über seine Palette, bemüht, ein Rot zu mischen, das nicht mehr rot war. Seine Versuche, in deren Verlauf sein Gesicht sich zu einem konzentrierten Schmerz verzog, zeugten von einer unendlichen Geduld und schienen zu keinem Ergebnis zu führen, das ihn freute.
Schrebergärten kenne ich, sagte ich.
Seine Augen leuchteten.
Im Winter die Strünke mit Rosenkohl. Abdeckungen mit

Tannenreisern. Die Himbeeren hochgebunden im Dezimeterabstand. Noch gar nicht alle Blätter verdorrt. Rosen erst halb heruntergeschnitten. Dahlien längst ausgegraben, sie überwintern im Torfmull zu Hause. Johannisbeersträucher wie totgeschlagen. Kein vergessenes Kartoffellaub, das umgesunken aus dem Schnee herausragen könnte, nur die Stengelansätze von Winterharten und Spätblühern und Büschel aller Art, deren Gattungszugehörigkeit sich in diesem Zustand schwer erkennen läßt. Die Bäume ganz still und unbekehrt und ohne die Angst, entdeckt zu werden. Und in den Bäumen jetzt sehr deutlich sichtbar das umschlingende Rankenwerk und jeder Parasit. Der Kompost schläft.

Das Abdecken der Pflanzen, erklärte er zu meiner Überraschung, erfolgt nicht gegen die Kälte, sondern gegen die Sonne, auch wenn der Mensch, der es jeweils tut, anders darüber denkt und seine Schützlinge vor der Kälte schützen möchte. Er sagte: Schützlinge. Im allgemeinen übersteht aber der Schützling die Schrecken der Kälte ganz gut. Was er nicht übersteht, ist das, was auf einen Wärmeeinbruch folgt, wenn dieser mit seinen Sonnenstrahlen die Bereitschaft zu innerem Säftefluß und äußerem Wachstum geweckt und in Gang gesetzt hat und ihn dann mitten in all diesen unangebrachten Vorkehrungen wieder in den Winter entläßt, der ja in Wahrheit noch nicht vorüber ist.

Sein Herbstbild wartete unterdessen zu Hause. Er wohnte in zwei Zimmern. Eins diente zum Schlafen, Kochen und der Aufbewahrung von Kleidern. Das andere diente der Kunst. Dort lehnte das Bild mit dem Gesicht zur Wand. Er wollte es im nächsten Jahr vollenden.

Glauben Sie, daß es im nächsten Jahr hier gleich aussehen wird? sagte ich. Denn wer sagt uns, ob sie nicht ein

Einkaufszentrum oder wenigstens einen Parkplatz anlegen.
Nein. Niemals, sagte er. Es ist niemals gleich. Das ist ja das Schlimme. Nur ungefähr. Ich führe, wie Sie sehen, einen Kampf gegen das Ungefähre, der einen Künstler zur Verzweiflung bringen kann. Das Ungefähre ist der Feind der Kunst.
Er trug jetzt Handschuhe mit offenen Fingerspitzen.
Ein Kampf gegen die Abweichung. Ich habe noch nie zwei gleiche Herbste gesehen. In all diesen Jahren. Ich habe schon so manches Herbstbild stehen. Unvollendet. Aber was soll ich tun, wenn der Herbst aufhört, bevor sein Abbild fertig ist? Soll ich es wegwerfen?
Nicht wegwerfen, sagte ich.
Am zweiten Tag stand in seiner neuen Landschaft, die bereits Gestalt angenommen hatte, ein Pflug.
Schaun Sie den Pflug an, sagte er und meinte den Pflug auf dem Bild, denn das Land um uns zeigte keinen. Er war hölzern, aus der Mode gekommen und sehr genau ausgeführt. Er schien mir im Gegensatz zum Rest des Bildes bereits vollendet. Das geht nicht in ein paar Stunden, so viel wußte ich inzwischen. Er mußte die ganze Nacht gemalt haben, sah aber nicht müde aus.
Haben Sie ihn aus dem Kopf gemalt? sagte ich.
Nicht aus dem Kopf, sagte er. Das kann ich nicht.
Nein, fügte er nach einem Zögern hinzu, während dem er den gestreiften Schornstein betrachtet hatte, als wollte er ihn auch malen. Man muß es nicht können. Ein Auge muß man haben.
Er hatte den Pflug nach einer Abbildung gemalt. Zu Hause sammelte er Abbildungen. Aber er benutzte sie kaum.
Es ist nicht recht. So sagt man jedenfalls.

Ich wußte nicht, ob es recht war.
Wo werden denn solche Pflüge noch gebraucht? sagte ich.
In der Eifel. Dort ganz sicher.
Wir waren aber nicht in der Eifel. Wir waren auf dem flachen Land, unserm Schlachtfeld. Das sagte ich nicht. Die Luft war ganz undurchsichtig von ungefallenem Schnee. Birken ließen ihre letzten Blätter hängen, gelb vor der grauen Welt und ihren Versprechungen.
Zwei Tage konnte er noch an diesem Bild malen. Dann schneite es eine Woche. Bei Niederschlägen malte er nicht. Der Arzt hatte es ihm verboten. Im übrigen hatte der Arzt keine Einwände, empfahl aber, auf warme Füße zu achten.
Ich bin durchaus gesund, sagte er.
Am achten Tag war es so weit trocken, daß er wieder arbeiten konnte. Voller Freude begann er sein Winterbild. Seine Leinwand war weiß wie frisch gefallener Schnee, über den noch kein Vogel gelaufen ist. Mit dem Grün ist es so eine Sache, sagte er. Was mich wunderte, war, daß er so viele Farben verwendete.
Weiß, sagte ich, entsteht durch die Verwendung von Farben?
Er sah mich an. Er schwieg. Schade, daß Sie nicht malen, dachte er. Auf seinem Gesicht jetzt wieder die Anzeichen von Ruhe und handwerklichem Stolz und eine selbstgenügsame Freude, auf deren Anwesenheit er großen Wert legte, obwohl es ihm Mühe machte, sie in seiner Miene festzuhalten. Denn sobald er an etwas anderes dachte, und er dachte ja ununterbrochen, fielen ihm seine Gesichtszüge in ein anderes Muster und begannen eine Unzahl von Gefühlen auszudrücken, auch widersprüchliche Gefühle, mit denen er nichts mehr zu tun haben wollte.

Er sprach von Singvögeln. Wenn er das sagte, klang es wie Sinkvögel. Ich erinnerte mich augenblicklich an den Tag, als ich ein Kind war und auch Sinkvögel sagte. Es schien auf einmal alles verändert durch die Gedanken, die dieses eine Wort mit sich brachte.
Der Himmel machte ihm Sorgen. Die Wolken waren wieder nicht das Wahre. Es war trüb, die Sonne noch nicht herausgekommen, nicht einmal in Sicht. Ein Winterbild braucht Wetter, und er konnte sich nicht entschließen, dieses Wetter zu wollen.
Es ist problematisch, sagte er, nachträglich am Wetter etwas zu ändern. Aber meistens kommt man nicht drum herum. Das Wetter ändert sich eben.
Jahre war er verheiratet gewesen. Er sagte Jahre. Dann hatte er sich von seiner Frau losgesagt, sagte er.
Das erschreckte mich. Ich wußte nicht, was ich sagen sollte. Ich dachte: es ist nicht wichtig, was ich sage. Sobald ich fortgehe, kann er alles vergessen, was ich gesagt habe. Er wird denken, ich hätte es mit mir fortgenommen.
Bitte sprechen Sie, sagte er.
Ich weiß nicht, was ich sagen soll, sagte ich.
Das macht nichts, sagte er. Sprechen Sie nur. Sie können irgendwas sagen. Wenn es mir nicht gefällt, wird es sein wie nie gesagt, sobald Sie fortgehen. Es ist also gleich, was Sie jetzt sagen. Nachher werde ich denken, Sie hätten es mit sich fortgenommen.
Woher wissen Sie das?
Ja, ich weiß, sagte er. Leicht bleiben einem die Worte der andern im Ohr hängen und lassen sich nur schwer verscheuchen. Oder sie fallen einem in die Seele, wo man sich kaum noch gegen sie wehren kann. Das muß man verhindern. Man muß sich von den Worten der andern freima-

chen. Haben Sie sich von den Worten der Menschen gelöst? Ich habe es getan. Man kann es. Man kann diese Fessel lösen. Was man nicht lösen kann, sind die Fesseln der eigenen Worte. Meine eigenen Worte, sagte er, sind die haltbarsten Stricke. Ich kann sie nicht lösen.
Ist das wahr? sagte ich.
Im Vergleich dazu, sagte er mir, ist alles, was Sie sagen können, ein zartes Gespinst, in dem sich höchstens einmal eine Fliege oder ein altgewordener Käfer fängt.
Er hatte recht.
Ich will Ihnen die Wahrheit sagen, sagte er wieder. War, was er dann sagte, die Wahrheit? Oder wollte er nur, daß ich das dachte? Vielleicht keins von beidem. Vielleicht hatte er einfach den Wunsch, dies und das auszusprechen, ob es nun wahr war oder nicht. Und dieser Satz bot ihm die Gelegenheit, zu sagen, was einmal gesagt werden mußte.
Er sagte aber nichts mehr.
Für solche Gelegenheiten hatte er einen Gesichtsausdruck bereit, der ihm half, die Zerstörungswut der Menschen auf ein Maß zu reduzieren, das für alle Beteiligten erträglich war.
Er begann, seinen bereits weit fortgeschrittenen Himmel zu übermalen und sagte: Manche behaupten, daß das Leben ein Traum ist. Andere behaupten das Gegenteil. Bis jetzt bin ich noch jedesmal davongekommen.
Er arbeitete jeden Tag an diesem Schnee und an der Darstellung der diffusen Jahreszeit. Er sagte: Zu viel Dunst. Haben Sie mal versucht, Dunst zu malen?
Ich begreife meist erst hinterher, warum etwas geschehen ist, fuhr er fort. Daß Gott das Gute und das Böse duldet, ist nur dann verwirrend, wenn man meint, daß die Welt

von Gott gemacht ist. Eins ist sicher: keiner von uns wird erlöst werden. Und wozu auch. Ein ermutigender Gedanke, den wir nur aus Gewohnheit anders sehen. Es bedeutet, daß wir nicht länger herumsitzen müssen und warten und enttäuscht sein über das, was unser Nächster tut.
Für Sekunden erscheint dann auf seinem Gesicht ein angewiderter Ausdruck, der mich jedesmal erstaunt und damit endet, daß er sich schüttelt. Und dann beginnt er mich anzulächeln, als bereue er etwas.
Ich kenne diesen Ausdruck. Einmal zuvor habe ich ihn gesehen auf dem Gesicht eines Kauzes, als er im Begriff war, alles wieder auszuspeien, was er im Lauf der Zeit an Unverdaulichem verschlungen hatte. Der Kauz saß auf einer Astgabel, dem täglichen Dämmerschlaf hingegeben, abwesend, und unvermittelt erschien auf seinem kleinen Gesicht dieser unvergeßliche, nein angewiderte Ausdruck, nur ganz kurz, gefolgt von einer sinnvollen Handlung. Der Augenblick des Würgens war sehr kurz. Man sah gerade noch, wie ein Knäuel von Knochen- und Hornsubstanzen zu Boden fiel, und dann war die Sache erledigt.
Der Maler packte seine Utensilien zusammen.
Das liegt mir nicht, sagte er. Diese düsteren Tage. Wer kann das malen? Sehn Sie doch her. Kein Meisterwerk. Das muß ich mir aus dem Kopf schlagen.
Aus dem Kopf schlagen, wiederholte er.
Und dann kam der Tag, an dem die Sonne schien und ein blauer Himmel unser festlich zugedecktes Schlachtfeld verwandelte. So sieht es auf Postkarten aus oder in Träumen, in denen man sich erinnert.
Sehn Sie nur, wie blau der Himmel ist, sagte er, indem er seine Augen mit beiden Händen abschirmte und in den

Himmel hineinsah. Er war nicht ganz blau. Er war vollgezeichnet mit weißen Linien, einige von ihnen verschwommen, andere ganz fein.
Das Kind im dritten Lebensjahr, dachte ich. Dann kritzeln sie so.
Er schien das Weiße nicht zu sehen. Es wunderte mich, daß der Himmel noch so blau war, nachdem man täglich mit eigenen Augen sah, was aus diesem Himmel alles auf seinen einst weißen Schnee rieselte. Der Schnee sah rußig aus, der Himmel aber nicht. Wie gut, daß der Maler von früher schon weißen Schnee auf seinem Bild hatte.
Er saß nicht vor dem Bild von gestern. Er saß vor einem Gemälde, das von einem tiefblauen Winterhimmel überwölbt war und funkelte im einfallenden Sonnenlicht. Es war fast fertig. Aus welchem Winter mochte es stammen?
Er sah sehr glücklich aus, wie er sein Abbild mit der Wirklichkeit verglich.
Wissen Sie, sagte er plötzlich zu mir, daß es so einen Tag höchstens einmal in zwanzig Jahren gibt? Wissen Sie das?
Nein, das wußte ich nicht. Ich hatte gedacht, daß es schönes Winterwetter öfter gibt. Aber ich hatte nicht das Auge für die Abweichungen, mit denen er kämpfte.
Meinen Sie, sonst hätte ich dieses Werk sechzehn Jahre unvollendet stehenlassen? sagte er. Wenn wir jetzt noch ein paar schöne Tage haben, wird es fertig. Nach all den Jahren. Ich habe schon gar nicht mehr daran geglaubt.
Hoffentlich muß das andere Bild, an dem er bis gestern gemalt hat, nun nicht auch so lange warten, dachte ich.
Nein, das nicht. Sowas gibt es öfter. Vielleicht nicht mehr in diesem Jahr. Außer wenn es sich morgen oder übermorgen wieder bewölken würde, was er aber nicht hoffte, da er drei Tage für das Bild von heute brauchte.

Der blaue Himmel auf seinem Bild erinnerte mich daran, daß ich glücklich sein sollte. Ich war es nicht. Ich könnte nicht sagen warum. Der blaue Himmel tut mir nicht gut. Wenn es nach mir ginge, würde ich ihn schwarz machen. Aber es geht nicht nach mir. Die andern mögen ihn blau. Dann ist ihnen wohler. Es ist klar, daß einem bei blauem Himmel wohler ist, wenn es einem sowieso schon gut geht. Unsereiner, dachte ich, wartet auf die Nacht. Dann werden einem, was den Himmel angeht, die Wünsche erfüllt, ohne daß es jemandem schadet.

Sie müssen arbeiten, sagte er.

Ja, sagte ich.

Oder Sie malen. Er malte seit langer Zeit. Kaum hatte er sich von seiner Frau losgesagt, hatte er einen Fernkurs gemacht. Er sagte: Kurse sind gut. Sie haben ja auch einen Kurs gemacht. Alles weitere erarbeitet man sich selbst.

So ist es doch, sagte er und sah mich ängstlich an. Ich stellte mir vor, daß er so aussah, wenn er allein war. Denn ein Mensch, der mit sich allein ist, empfindet, was ihn quält, stärker als andere, die nicht allein sind, und ist daher verwundbarer. Und waren nicht seine eigenen Gedanken schärfere Messer als die Gedanken der andern?

An den drei schönen Tagen, die er noch brauchte, fehlte es nicht. Und kaum war eine Woche vergangen, da sah ich seine Staffelei ohne ihn auf dem Land stehen. Das Bild war fertig. Über Nacht war der Schnee geschmolzen, nur vereinzelt lagen glasige Reste mit verkrusteten Kanten auf dem Feld. Und wo war er? Ich suchte ihn. Ich war sicher, daß ihm etwas zugestoßen war. Eine Stunde suchte ich in allen Winkeln des Industriegeländes nach einer Spur von ihm. Dann sah ich ihn auf der matschigen Straße gehen. Er war betrunken.

Warum kommen Sie? sagte er.
Ich wollte nach Ihrem Bild sehen, sagte ich.
Ja, sagte er.
Es ist schön, sagte ich, Ihr Bild. Mir war, als hätte ich nie ein schöneres gesehen, und wunderte mich sehr darüber.
Kein Meisterwerk, sagte er und lachte. Darf ich Sie anfassen?
Wir wollen das Bild einpacken, sagte ich. Der Regen tut ihm nicht gut.
Er hatte noch nicht einmal gemerkt, daß es regnete.
Das macht dem Bild nichts, sagte er. Bitte. Einmal.
Er war auch naß. Er wollte mit mir zu den Wendeltreppen gehen. Dort war ein trockener Platz, wo niemand zuschaute. So sagte er.
Nur ganz wenig, sagte er. Bitte. Sagen Sie ja.
Ich schüttelte den Kopf. Wir gingen zu Fuß ins Dorf. Wir gingen ins Wirtshaus. Die Kleider unter unsern Mänteln waren auch naß. Wir tranken Kaffee. Tränen liefen ihm aus den Augen. Sein Gesicht schien nicht zu weinen. Es schien glücklich.
Heute ist der fünfte, sagte er.
Ja. Warum?
Meine Frau hat mich verlassen.
Wann? Heute?
Am vierten, sagte er.
Gestern?
Gestern, murmelte er. Vor sechzehn Jahren.
Und sie ist nie zurückgekommen? sagte ich.
Nein. Warum?
Danach habe ich ihn nicht mehr gesehen. Er kam nicht mehr. Er malte nicht mehr. K. M. hatte unter seinen Bildern gestanden. Er signierte sie, bevor sie fertig waren.

Tag für Tag las ich die Zeitung, ohne jemals eine Erklärung zu finden. In den Todesanzeigen fingen oft Namen mit diesen Buchstaben an, aber keine von ihnen enthielt einen Hinweis auf sein Leben. Vielleicht war es ein Künstlername, dachte ich. Oder er lebt noch.

Die Amerikanerin

Nach anderthalb gescheiterten Ehen und der offensichtlich abgeschlossenen Erziehung von drei Söhnen, die über alles, was im Leben zählt, inzwischen mehr wissen als ich, bin ich vorsichtig geworden mit Männern. Ich muß zugeben, daß ich mich immer noch schön mache, wenn ich einem von ihnen gefallen will, aber mein Verstand kehrt doch meist zurück bei der ersten Gelegenheit, die sich bietet. Man sollte meinen, daß man mir nicht viel vormachen kann. Dem ist nicht so.

Zu meiner Überraschung begann es mir in meinen vier Wänden, die mir immerhin in all diesen Jahren die Treue gehalten haben, eng zu werden. Dann wunderte es mich auch, daß das nicht schon viel früher geschehen war.

Aus diesem und andern Gründen, die mit einer bescheidenen Erbschaft und einem aus unserer sich krümmenden Vergangenheit wieder aufsteigenden Wunsch nach verwandtschaftlicher Nähe zu tun hatten, fuhr ich nach Amerika. Ich lebe jetzt allein, hatte meine Kusine geschrieben. Es war ihr erster Brief nach zehn Jahren. Ich weiß nicht, wie oft ich diesen Satz gelesen habe. Als wäre er schwer zu begreifen. Sie hatte uns einmal besucht, bevor sie verheiratet war, und sich über die Maßen gewundert angesichts unserer europäischen Ernsthaftigkeit, die mir wiederum so natürlich schien, daß ich Mühe hatte, ihr Erstaunen zu verstehen.

Der Gedanke an eine Frau, die allein lebt, ruft in mir Gefühle wach, die überhaupt nicht in unsere Zeit passen. Trotzdem, die Statistik ist auf ihrer Seite. Und sie hat keine Kinder.

Der Flughafen sah in jeder Hinsicht anders aus, als ich erwartet hatte. Er machte den Eindruck, als wäre er ganz mit teuren Teppichen ausgelegt, und vielleicht war er es auch. Ich weiß noch genau, wie, als ich eine breite Treppe hinuntergehen wollte, mir genau die Frau zuwinkte, die ich von einem Photo kannte, welches Martha mir vorsichtshalber geschickt hatte. Nur leuchtete ihr Gesicht in der Wirklichkeit noch stärker. Umschlungen, als hätten wir unsere Kindheit miteinander verbracht, warteten wir auf mein Gepäck.

Ich habe lieber zwei kleine Koffer als einen großen, sagte ich.

Sehr weise, sagte Martha.

Das Karussel begann sich zu drehen. Einer von den fünf Koffern, die aus der Klappe fielen, war meiner. Dann kam nichts mehr. Das Karussel blieb stehen.

Das wird der Streik sein, sagte Martha. Das Bodenpersonal von Eastern braucht dringend bessere Arbeitsbedingungen.

Wir warteten eine Stunde, in der ich mich schämte, weil ich nicht all mein Zeug in einen einzigen Koffer gepackt hatte. Und wenn ich mich nicht schämte, gingen mir Fragen durch meinen seßhaften Kopf, die man so kurz nach der Landung noch nicht stellt. Wir sprachen vom Fliegen. Dann vom deutsch-amerikanischen Verhältnis. Als wir von der Kindheit unserer Eltern sprachen, die sich mitten im ersten Weltkrieg abgespielt hatte, war der Streik zuende.

Es tut mir so leid, sagte ich.

Martha wußte nicht, wovon ich sprach.

Das mit dem Koffer.

Mach dir keine Sorgen, sagte sie. Kommt es darauf an, wo wir sind?

Als wir zu ihrem Auto kamen, saß ein Mann am Steuer und las. Ein ungewöhnlicher Mann, dachte ich. Ihr Satz, daß sie allein lebte, erschien mir in einem neuen Licht. Seine Haut war von einem seltenen Hellbraun, herübergerettet aus den schwierigen, aber mit Schönheit ausgestatteten Jahren des Aufbruchs. Ich wünschte, man würde das bei Männern öfter finden, aber so weit ich weiß, ist es selten.

Das ist Paul, sagte meine Kusine.

Es tut mir so leid, daß Sie warten mußten, sagte ich.

Ich bin froh, sagte Paul. Ich komme sonst nie zum Lesen.

Die Straße, die uns auf die Skyline zuführte, war sehr gerade. Die geradeste Straße der Welt, hieß es. Paul sprach über eine weit zurückliegende Periode der amerikanischen Geschichte, als er auf der linken Spur zum Stehen kam. Dem Mann, der auf dem Mittelstreifen stand und winkte, kaufte er eine ungewöhnlich große Brezel ab und gab sie mir.

Mit den besten Empfehlungen, sagte er.

Danke, sagte ich.

Das nächste Mal hielt er mitten auf einer Kreuzung. Auch hier stand ein Mann. Er verkaufte kleine Rosensträuße. Der Standort schien günstig zu sein für's Geschäft. Es dauerte eine Weile, bis er das Wechselgeld gefunden hatte. Niemand hupte. Paul setzte uns am Eingang von Marthas Wohnung ab und fuhr den Wagen in die Garage.

Er ist untröstlich, daß er nicht mit seinem Wagen kommen konnte, sagte Martha. Unglücklicherweise hat er ihn kaputtgefahren. Meiner gefällt ihm nicht.

Als wir die Rosen ins Wasser stellten, sagte ich: Ist er dein Freund?
Ja, sagte sie. Aber nicht so, wie du meinst.
Martha kannte von ihrer Mutter Geschichten aus einer deutschen Kindheit, die ich noch nie gehört hatte. Ist es wirklich so, daß Väter ihr Wissen, soweit es das eigene Leben betrifft, lieber für sich behalten? Mein Vater jedenfalls, ein guter Erzähler von Schauergeschichten, war sparsam mit Informationen.
Ich bewundere deine Mutter, sagte ich.
Hast du sie gekannt?
Nein. Ich weiß nur, daß sie ausgewandert ist, als sie noch ganz jung war. War sie glücklich?
Ja, sagte Martha. Besonders glücklich war sie, als ihr ältester Sohn heil aus der Normandie zurückkam.
Du bist hungrig, sagte sie. Soll ich Fleisch kaufen?
Um diese Zeit? sagte ich.
Irgendein Laden ist immer offen. Martha hatte aufgehört, Fleisch zu essen. Ich zuckte zusammen, als sie sagte: Fleischfresser stinken.
Das ist mir noch nicht aufgefallen.
Du solltest mal in ein Raubtierhaus gehn, sagte sie.
Glücklicherweise hatten wir eine große Brezel gegen den Hunger. Dann standen wir eine Stunde in Marthas Küche und kochten ein Festessen aus dem, was sich dort fand.
Nach zwei Tagen, in denen wir viel über das Leben gesprochen und so viel für die verwandtschaftliche Nähe, um derentwillen ich hergekommen war, getan hatten, wie man in zwei Tagen tun kann, kam ich, keinen Tag zu früh, auf die Frage, warum ihr Mann sie verlassen hatte. Auch dann stellte ich die Frage noch nicht gern.
Martha schüttelte den Kopf. Sie sah mich an.

Ich, sagte sie. Ich bin gegangen.
Das gibt es jetzt anscheinend öfter. Ich hatte die Zahlen zu Hause in der Zeitung gelesen.
Hast du es bereut?
Nein.
Bei uns ist die Statistik noch nicht so weit, sagte ich. Mein Mann ist gegangen. Er hat es auch nicht bereut.
Wie geht es ihm? sagte sie einfach.
Gut, nehme ich an. Es ist ihm schon immer gut gegangen. Darum war ich so überrascht. Aber ich will nicht voreilig sein. Er hat sich nicht mehr sehen lassen.
Ist das bei euch üblich? sagte sie.
Nein.
Ihr wart so ein ernstes Ehepaar, sagte sie traurig, lächelte aber wie andere bei Sonnenuntergängen oder schönen Erinnerungen.
Und ihr? Wart ihr nicht ernst?
Doch. Doch, rief sie dann mit einer Stimme, die von ihrem unübertrefflichen Lachen erstickt wurde. Es war eine Qual, sagte sie.
Als wir genug gelacht hatten, machte sie Kaffee, um einen Übergang zu andern Themen zu schaffen. Trotzdem fragte ich sie ein paar Stunden später: Hast du ihn nicht mehr geliebt?
Ich wünschte gleich, ich hätte was anderes gefragt. Die Welt ist voll von offenen Fragen, oder nicht? Daß man über die Wahrheiten der Liebe so nicht redet, wußte ich seit langem. Anscheinend muß ich es hinnehmen, wenn ich meine alten Fehler wiederhole.
Marthas Augen liefen auf einem Teppich umher, der aus der Vergangenheit stammte und, obwohl sie eine kinderlose Frau war, die Spuren eines kinderreichen Familienle-

bens nicht verleugnen konnte. Dann wanderten sie zu den neuen Vorhängen, was einem Sprung in die achtziger Jahre gleichkam, und von dort ins Freie. Martha sprach nicht. Sie schien nachzudenken. Sie fuhr damit fort, als sie meinen Kopf in ihre Hände nahm.

Plötzlich sagte sie: Du bist sehr lieb.

Augenblicklich wünschte ich, mein Leben mit ihr zu teilen, auch wenn ich dafür den Rest meiner Zeit aus zwei Koffern leben müßte. Ich habe das nie getan, aber wenn ich ehrlich bin, gibt es in dem Winkel, wo ich meine Wünsche verberge, einen Hinweis darauf, daß ich es längst hätte tun sollen. Martha war ein Rätsel. Plötzlich wußte ich, wie sehr ich Rätsel brauchte. Sie hatte nicht mal ein Taschentuch, um meine Tränen abzuwischen. Sie war keine von diesen Amerikanerinnen, die ohne Papier den einfachsten Dingen des Lebens nicht ins Auge sehen können. Sie nahm ihren Pulloverärmel, während ich noch gar nicht gemerkt hatte, daß mein Gesicht abgewischt werden mußte.

Danke, sagte ich. Danke, Martha.

Wir können so alt werden, wie wir wollen, und brauchen immer noch eine Person, die uns sagt, was wir brauchen.

Warum hast du nie geschrieben, sagte ich.

Ich wußte nicht, wie ich leben sollte, sagte Martha.

Weißt du es jetzt?

Ich mache Fortschritte, sagte sie.

Martha aß viel Yoghurt. Sie kochte ihr Gemüse nicht mehr. Mit Zucker hatte sie ganz aufgehört. Sie war überzeugt, daß ihr Leben dadurch gesünder wurde. Ich glaubte es auch. Für die Luft konnte sie nichts tun. Sie wäre längst aufs Land gezogen, wenn sie dort arbeiten könnte. Martha sagte, sie hätte eine ganz und gar unagrarische Seele.

Angesichts ihres Speiseplans erlitt ich einen Rückfall in die philosophischen Traditionen des spätkapitalistischen Frauenlebens. Länger schon strebe ich danach, mich davon freizumachen, was schwer ist. Außerdem ist es keine gesicherte Tatsache, daß ich wirklich frei wäre, wenn ich mit dieser Bemühung mehr Erfolg hätte als bisher.
Ich sagte also: Hat dein Mann diese Art von Ernährung gemocht? So weit ich wußte, gingen die Vorlieben der Männer meist in eine andere Richtung.
Das werden wir nie wissen, sagte Martha mit einem Lächeln der Schadenfreude auf ihrem Gesicht. Ich habe erst nachher damit angefangen.
Du also auch, dachte ich. Ich fühlte mich getröstet. Und sie wußte, was ich meinte.
Am dritten Tag klingelte das Telephon.
Hallo, sagte Martha.
Ja. Ja. Nein. Ich brauch ihn nicht.
Augenblick. Sie winkte.
Für dich.
Paul wollte mir die Stadt zeigen. Er war untröstlich, daß wir Marthas Wagen nehmen mußten. Meiner ist wesentlich bequemer, sagte er. Aber er braucht neue Reifen.
Es regnete.
Wir fangen mit der Freiheitsglocke an, sagte er.
Ganz wie im Leben, sagte ich.
Eine Besichtigung muß bestimmten Gesetzen folgen, sagte Paul sehr ernst. Gesetze nehmen einem die Last von den Schultern.
Was sollte ich dazu sagen? Am liebsten hätte ich es vergessen. Aber Paul zog seine Schultern so hoch, als wäre wirklich eine Last drauf.
Gibt es dort Parkplätze? sagte ich.

Immer.
Langsam fuhren wir an einem historisch aussehenden Gebäude vorbei, in dem der historische Gegenstand aufbewahrt wurde.
Ist sie wirklich drin? sagte ich.
Er nickte.
Ich glaube, das reicht für mich, sagte ich, und nicht nur wegen des Regens. Genügt es nicht, zu wissen, daß es sie gibt und daß man stolz auf sie ist?
Seiner Vorstellung von Besichtigung genügte das nicht. Er wollte sie zeigen. Der Parkplatz war groß, aber da er in Wahrheit überfüllt war und der Regen so stark wurde, daß Paul fast eine Frau, die auf der Suche nach ihrem Auto auf dem Parkplatz umherirrte, umgefahren hätte, weil er nichts mehr sehen konnte, sagte er:
Dann also nicht. Er war bleich vor Enttäuschung.
Vielleicht, sagte ich, findet die Frau ihr Auto. Wir können dann ...
Nein, sagte er, bevor ich meinen Satz fertigmachen konnte, als wollte er mich vor einer Verletzung der guten Sitten bewahren, die in diesem Land den Autoverkehr so ansprechend machen. Schnell fuhr er auf die Hauptstraße zurück, indem er eine Lücke zwischen zwei Wagen benutzte, die viel kleiner war als die, die er sich sonst gestattete.
Lassen wir die Freiheitsglocke, sagte er.
Paul lud mich zum Essen ein. Hast du Hunger? sagte er.
Ja, sagte ich ehrlich. Sehr.
Er bestellte Yoghurt. Er sprach über Yoghurt. Er sprach über Salat. Wie gern hätte ich auch Yoghurt bestellt. Eine Reise ist immer eine Gelegenheit, um Lebensgewohnheiten zu ändern. Aber er schmeckt mir nicht. Mir wird übel

davon. Zum erstenmal tat es mir wirklich leid. Vielleicht lerne ich es noch.
Es ist nie zu spät, sagte Paul.
Da die Kellnerin noch am Tisch lehnte, beschloß ich, über diesen Satz später nachzudenken, und bestellte einen Hamburger. Paul tat so, als hätte er es nicht gehört. Hamburger schmecken mir. Jedenfalls hier.
Die Kellnerin hätte uns gern noch Salat gebracht, aber wir konnten auf ihr Angebot nicht eingehen.
Mit Salat muß man vorsichtig sein, sagte ich. Besonders im Winter. Auch wenn es einem gelingt, das Blei abzuwaschen, ist er immer noch voll von Fungiziden. Und dann die Nitrate, mit denen er sich vollsaugt.
Ich hatte ihm das Wort aus dem Mund genommen. Kaninchen weigern sich, das Zeug zu fressen, sagte er. Sie wollen nicht sterben.
Das hatte ich auch schon gehört. Die kulturelle Kluft zwischen unsern Ländern ist gar nicht so groß, wie man meint.
Er hielt sich an Gemüse. Jedenfalls drückte er sich so aus. Man darf es natürlich nicht kochen, sagte er.
Oh, Paul, dachte ich.
Alles, was seinen wahren Wert ausmacht, sagte Paul, geht verloren. Und wenn man sich daran gewöhnt hat, geht einem eine ganz neue Welt des Geschmacks auf. Schön sah er aus, als seine Gedanken aus dieser neuen Welt zu mir zurückkamen. Ich nickte.
Auf Zucker muß man ganz verzichten, sagte Paul nachdenklich.
Sie haben ein einmaliges Kunstmuseum in dem Teil der Stadt, den sie für den schönsten halten, weil er so an Europa erinnert, wie es einmal hätte sein sollen. Werke,

die man sonst nirgends zu sehen bekommt, kann man dort finden. All das auf einem Hügel mit Büschen und Bänken, an die Paul sich plötzlich erinnerte, weil er dort seine erste Liebe geküßt hatte.

Wie geht es ihr? sagte ich.

Sie hat einen Versicherungsagenten geheiratet, sagte Paul.

Warum?

Sie war überzeugt, daß er das Zeug hatte, Präsident zu werden.

Das hat sie gesagt? Ich konnte es nicht glauben. Außerdem dachte ich, daß in Amerika jeder eine Chance hat, Präsident zu werden. Aber so ist es nicht.

Paul fuhr fort: Damit war ich aus dem Rennen.

Ich bin sicher, daß sie es bereut hat, sagte ich.

Paul nickte. So weit ich sehe, sagte er, ist er bis heute nicht Präsident geworden. Dann lächelte er und sagte: Aber an mir soll's nicht liegen. Er wäre bestimmt das kleinere Übel.

Ich konnte nie begreifen, wie irgendeine Frau mit einem Mann verheiratet sein möchte, der Präsident ist oder werden will.

Da würde ich vorsichtig sein, sagte Paul. Er war überzeugt, daß sie ihre Gründe hatte.

Ist heute Dienstag? sagte er.

Ja.

Dienstags ist zu, sagte er. Sie stauben die Bilder ab. Er behauptete, daß die Bilder einmal in der Woche von all den Rückständen freigemacht werden müssen, welche die Augen von unverständigen Bustouristen und Rentnern im Laufe von sechs Tagen dort abgelagert haben. Er war sicher, daß die Kunst ersticken müsse, wenn sich niemand darum kümmerte. Mich überfiel Reue angesichts der vie-

len Kunstwerke, an denen ich schon vorübergeeilt war, ohne ihnen gerecht zu werden.
Am andern Tag fuhren wir in Pauls prächtigem Auto, dessen Sitze wirklich viel weicher waren als andere, durch ein Viertel, das auf eine eindrückliche deutsche Vergangenheit zurückblickte. Heute gab es ein erstklassiges Beispiel für ethnisch bedingten Städtezerfall ab.
Wie schön die Häuser sind, sagte ich.
Ich erschrak über das neue Konzept der städtischen Schularchitektur, weil es auf dem Prinzip der unüberwindlichen Absperrung basierte und auf Fenster ganz verzichtete. Ein uniformierter Mann führte einen Hund auf dem Hof umher.
Das ist das Ende, sagte Paul. Und die Realität wird ihnen immer recht geben.
Seine Augen, sonst sanft, jetzt auch traurig, sahen mich an. Heute ist der Tag der Architektur, sagte er. Jetzt besichtigen wir die Synagoge.
Ja, sagte ich.
Das Beste, was wir auf diesem Gebiet haben, sagte Paul. Dort haben sie Clubs für Frauen, für Männer, für Jungverheiratete und andere Randgruppen.
Gehst du oft hin?
Praktisch nie, sagte er. Aber wer weiß, was die Zukunft bringt.
Das Alter, sagte ich.
Keiner von meinen Kollegen nimmt die jüdischen Feiertage ernst, sagte Paul. Aber wenn sie ein bestimmtes Alter erreicht haben, weigern sie sich eines Tages plötzlich, am Yom Kippur eins von unsern unvermeidlichen Meetings anzusetzen. Sie haben immer gute Gründe, sie zu verschieben. Ein untrügliches Zeichen, daß sie in die Jahre

kommen. Aber keiner gibt zu, daß er meint, er müsse sich mit Gott versöhnen.
Da war sie. Eine mehreckige Pyramide aus Metall, die den großartigen Geist der fünfziger Jahre atmete.
Der Berg Sinai, sagte Paul.
Er hatte seine Kinder zu den Mennoniten in die Schule geschickt, weil dort wirklich die Schrift gelesen werde.
Nur dort, sagte er. Nirgends sonst gibt es noch Religionsunterricht. Es heißt nur so. Aber sie sprechen über nichts als Lebensfragen. Es ist unwürdig. Ann Landers. Nicht mehr.
Wer ist Ann Landers?
Das muß man nicht wissen. Sie macht dasselbe in Zeitungen.
Ein Leben ohne Liturgie ist leer, sagte er. In seinen Jahren mit den Mennoniten hatte er es sich zur Aufgabe gemacht, sie zum Katholizismus zu bekehren. Es ist mir fast gelungen, sagte er stolz.
Können wir hineingehen? sagte ich, weil er die ganze Zeit den Motor laufen ließ, als wollte er weiterfahren.
Das Tor war zu. Im Büro trafen wir eine Frau voller Leben, die uns gerne hineinführen wollte. Aber sie hatte keine Chance. Sie schloß die Tür auf, und dann übernahm Paul die Führung. Er sprach nicht. Er zeigte. Ich hatte viel Zeit zum Nachdenken, als wir hinter ihm hergingen. Einen Teil davon nutzte ich, indem ich mir wünschte, wiederzukommen, wenn die zwölfhundert Menschen da waren, die auf diesen Bänken Platz finden sollten. Ich mußte immer denken, daß man dann jeden einzelnen, der hier saß, sehr genau und sehr nah sehen konnte, was ich noch in keiner andern Halle gedacht hatte.
So ist es, nickte die Frau mir zu.

Als wir in das kleine Büro zurückgingen, hörte die Stille auf. Paul berichtete Erstaunliches über den Katastrophendienst der Mennoniten. Ein extrem hoher Organisationsgrad, sagte er. Kaum ist irgendwo was passiert, haben sie in kürzester Zeit ihre Freiwilligen bereit und schicken sie hin, was keiner andern Organisation je so gelingt. Es ist ganz außerordentlich. Sie haben ein Abkommen mit dem Roten Kreuz.
Das wußte ich nicht, sagte die Frau. Dann ging sie zum Schrank, um Informationsmaterial für uns herauszusuchen.
Sie sind Architektin, sagte sie, und ich widersprach nicht.
Wir warteten am Fenster, und Paul sah mit einer Fröhlichkeit hinaus, die ich an ihm noch nicht bemerkt hatte. Der Regen von gestern hatte ganz aufgehört.
Frühling, sagte ich. Ein schönes Land.
Das kann man wohl sagen, sagte Paul. Dann kam er auf einen Mann zu sprechen, der, in einer ganz andern Zeit, seine Frau enthauptet hatte. Nein, dachte ich. Und während die Frau am Schrank zu kramen aufhörte, fuhr er fort, indem er sagte, der Mann habe sie nicht etwa enthauptet, um sie zu bestrafen, sondern einfach, um sie loszuwerden. Er hat sie an seiner Hand mitten auf den Marktplatz geführt, sagte Paul, der durch mich hindurchsah, und ihr dort mit einem Schwert den Kopf abgeschlagen.
Ich hatte längst aufgehört zu atmen und sah, wie die Frau, die am Boden kauerte, zusammenzuckte und blaß wurde.
Selber, sagte Paul. Nicht, daß er sie enthaupten ließ.
Als würde die Geschichte dadurch begreiflicher, dachte ich.

Lange Zeit brach niemand das Schweigen, das nun folgte. Als Paul das Fenster aufmachte, fand die Frau ein Faltblatt und gab es mir mit den Worten:
Das ist alles, was wir zur Zeit haben. Kommen Sie wieder. Und grüßen Sie die Niederlande.
Ich hatte ihr erzählt, daß ich aus Holland sei. Vielleicht glaubte sie es. Ohne diese Lüge wäre ich sehr gern wiedergekommen.
In der Nacht starrte ich auf die Wand und auf das Licht, das eine Budweiser-Reklame darauf ausbreitete. Pauls Haut, dachte ich neben vielem andern, kann die Farbe wechseln, wie ich es noch bei keinem andern Menschen gesehen habe. Es war halb vier.
Im Badezimmer traf ich Martha. Um die Schlaflosigkeit nicht so zu merken, hatte sie sich auf die Badewanne gesetzt und rieb sich die Stirn.
Du also auch, sagte sie.
Ja. Aber bei mir macht es nichts. Ich kann morgen ausschlafen.
Martha mußte früh aufstehn. Sie war froh, daß Paul sich tagsüber um mich kümmerte. Sie hatte all ihre freien Tage schon gehabt.
Du magst ihn, sagte sie. Liebst du ihn?
Oh, sagte ich. Ich weiß nicht.
Ich wußte nicht, ob ich es wollte. Ich wußte nicht, ob ich es ertragen konnte. Es paßte nicht in mein Leben. Und ich konnte die Angst nicht loswerden, Martha wehzutun.
Ich liebe ihn, sagte ich.
Ich mag ihn auch, sagte Martha. Sie fand, daß er ein hinreißender Mann war. Ihr bester Freund. Tu ihm nicht weh, sagte sie.
Ein Mann allein mit halb erwachsenen Kindern war für

mich trotz allem, was man liest, eine ungewohnte Vorstellung.
Wie macht er das? sagte ich.
Er kommt zurecht, sagte Martha. Mach dir keine Sorgen.
Martha, hast du seine Frau gekannt? sagte ich, plötzlich von der Angst befallen, sie könnte tot sein.
Ja, sagte sie. Sie hatte die Nase voll.
Gottseidank. Aber Männern, sagte ich, ist anscheinend der Gedanke lieber, daß sie ihre Frauen zum Teufel jagen.
Hat er das gesagt?
Ja.
Oh, oh, sagte Martha. Er hat noch viel vor sich.
Trotzdem war ich außerstande zu begreifen, daß seine Frau die Nase voll hatte. Das konnte man von mir nicht sagen. Ganz im Gegenteil. Ich mochte alles. Er hatte drei wunderbare Kinder, die, im Gegensatz zu meinen eigenen, alle wunderbar Klavier spielten. Und ich mochte seine Art, sich über die Grenzen zwischen den Religionen hinwegzusetzen. Viel Zeit verbrachte ich damit, mir vorzustellen, wie er sich auch über andere Grenzen hinwegsetzte. Ein Botschafter des guten Willens und der körperlichen Freude.
Sonst mag ich die ritterlichen Männer nicht. Ich meine Männer, die, kaum daß eine Frau sich in Hörweite befindet, einen Satz von Bemerkungen aus ihrem Archiv abrufen, die sie ihr dann nach und nach anbieten. Bei Paul war ich bereit, eine Ausnahme zu machen, weil er selber nicht an diesen Teil seines Wesens zu glauben schien. Vieles, was er sagte, beachtete ich einfach nicht. Je glatter sich seine Sätze anhörten, umso unsinniger waren sie, und er schien mit einer Schroffheit, die mich erschütterte,

Abstand zu nehmen von sich selber. Dabei hatte er ein sehr sanftes Gesicht, das Schroffheit nicht zu kennen schien.
Martha saß auf dem Rand ihrer Badewanne und sagte: Wie geht's deinen Kindern.
Gut, glaube ich. Sie brauchen mich kaum. Ich wünschte, sie könnten Klavier spielen.
Sei nicht undankbar, sagte Martha.
Sie sind es auch, sagte ich. Sie dürfen. Aber sie sind genau die Kinder, die ich mir immer gewünscht habe.
Gibt es das?
Nein. Das heißt ja. Aber nicht so, wie ich es gewünscht habe. Das Wünschen ist sowieso nie meine starke Seite gewesen.
Ich hätte Kinder haben sollen, sagte Martha.
Ja, sagte ich.
Die Vergangenheit, schon um der Zukunft willen ein schwerwiegendes Thema, steckte voller Fußangeln. Aber da sie uns im Gegensatz zur Gegenwart nicht mehr davoneilt, sagte ich:
Meinst du nicht auch, daß Kinder Klavier spielen sollten?
Nein, sagte sie.
Willst du anrufen? sagte sie dann. Es ist zehn Uhr abends bei euch.
Es war niemand zu Hause.
Am nächsten Tag war das Kunstmuseum an der Reihe. Während wir in Pauls weichen Polstern saßen, sprach er von den Bildern, die wir sehen würden. Ich war müde von der Schlaflosigkeit. Wir fuhren die Zufahrt hinauf, und Paul stellte das Auto hinter dem Haus unter die Büsche.
Darf man das?
Natürlich.

Es war zu. Sie hatten das Abstauben auf den Donnerstag verlegt.
Wir saßen auf einer der Bänke, die nichts von den Erinnerungen wissen, die sie in den Menschen zurücklassen. Pauls Augen waren in ständiger Bewegung und weit offen, ohne daß er aber diesen Blick auf irgendetwas zu richten wünschte. In unsern Jahren, dachte ich, dienen Parkbänke dem Zweck, für den sie geschaffen sind. Aber nicht lange. Unter dem Sog von Erinnerungen, die uns trennten, begann unser Atem zu stocken, und die besinnungslose Nähe, die ich mir so wünschte, beschleunigte unsere Herzen.
Ja, sagte ich. Ja.
Martha kam später nach Hause als sonst.
Wie gut, daß du da bist, sagte sie.
Ich wünschte, ich könnte dableiben, sagte ich.
Tu's, sagte sie. Deine Kinder brauchen dich kaum, hast du gesagt.
Weißt du, was ›kaum‹ heißt?
Ich fürchte ja, sagte Martha.
Wir standen in ihrer Küche, die ich voller Vorfreude für sie aufgeräumt hatte, und machten unser abendliches Festessen, kein Fleisch, frisches Gemüse, kein Zucker. Das bessere Leben.
Weißt du, was Paul erzählt hat? sagte ich.
Martha kannte nicht all seine Geschichten.
Von einem Mann hat er erzählt, der seine Frau erschossen hat. Und bevor die Frau starb, fragte sie noch: Wie konntest du das tun? Und er antwortete: Oh, Liebling, es war ganz einfach. Eine Geschichte von Mickey Spillane.
Die kenne ich.
Liest du denn solche Bücher?

Nein. Sie ist aus einem Film. Vier junge Männer kommen mit dem Leben in der Provinz nicht zurecht. Einer erzählt Geschichten von Spillane.
Martha, weißt du, warum er das erzählt?
Sie sind jung, sagte sie, und umgeben von lauter Lügen über das Leben.
Ich machte mir Sorgen wegen Paul. Er hätte die Geschichte nicht erzählen müssen, da wir ja in der Frühlingssonne umschlungen auf einer Bank saßen und nicht nur über Kunst, sondern auch über einige Präsidenten aus der jüngsten Vergangenheit sprachen.
Am nächsten Tag rief er an. Er wollte sich verabschieden.
Warst du schon in New York? sagte er.
Nein.
Laß es. Es zerstört den Menschen.
Schade.
Er mußte für zwei Wochen in den Westen.
Fahr nicht weg, bevor ich zurück bin, sagte er.
Wie soll ich das machen?
Er wußte es nicht. Er schlug vor, daß ich mit seinen Kindern ins Kino gehn sollte. Du kannst mein Auto haben, sagte er.
Danke, Paul.
Als Martha nach Hause kam, hatte ich mich eben auf meinen gepackten Koffern niedergelassen und grübelte. Arm in Arm blieben wir zusammen sitzen und wußten nicht, was wir sagen sollten.
Du zitterst ja, sagte Martha.
Dies schreckliche Gefühl, daß seine Frau tot sein könnte, will nicht weggehn, sagte ich.
Du hast ganz recht.
Was?

Sie ist tot. Aber das ist zehn Jahre her.
Ich dachte, sie ist weggegangen, weil sie die Nase voll hatte.
Das war seine zweite Frau, sagte Martha. Die ihm geholfen hat, seine kleinen Kinder großzumachen.
Er hat nie gesagt, daß er zwei Frauen hatte.
Ich weiß, sagte Martha. Er hat auch lange gebraucht, bis er mir die Wahrheit über ihren Tod gesagt hat. Bis dahin habe ich einfach geglaubt, daß sie bei einem Unfall umgekommen ist.
Ja? War es kein Unfall?
Es war ein Unfall. Aber er saß am Steuer. Er hat den Fehler gemacht. In einem sehr stillen, zerquetschten Auto kam er zu sich und staunte, daß kein Tropfen Blut aus seinem Körper lief. Dann fühlte er, daß neben ihm seine Frau tot war, und sah, wie es geschehen war.
Mein Gott, sagte ich.
Danach saßen wir schweigend auf meinen Koffern und betrachteten unsere bloßen Füße. Jede saß für sich, bis Martha ihren Arm um mich legte.
Ich weiß es auch erst seit kurzem, sagte sie. Als wir noch verheiratet waren, hat er nicht davon gesprochen.
Du und Paul?
Wundert dich das?
Nein.
Auf dem Flughafen versprach Martha, zu schreiben und im nächsten Jahr zu mir zu kommen. Sie gab mir unsern kleinen Rosenstrauß. Dann wünschte sie mir schöne Tage in New York.
Ich schüttelte den Kopf.
Ich laß es, sagte ich.

Willem

Das Fest hat seinen Anfang schon hinter sich. Ich wollte nicht unter den ersten sein.
Aus dem Türspalt zieht mir Rauch entgegen und erinnert mich an ein Photo von kosmischen Nebeln, das ich als Kind gesehen habe. Heute ist der Mensch daran gewöhnt, über unser Sonnensystem hinauszudenken, aber damals habe ich geglaubt, daß es die Sternschnuppen sind, die uns die unerfüllbaren Wünsche erfüllen. Drinnen stehn die Gäste in Gruppen, so daß es mir gelingt, einen schönen Sessel zu finden, in dem ich sitzen kann.
Ein betrunkener Lyriker, und zwar der, von dem man weiß, daß er nichts langsam tun kann, eilt zu mir her.
Kommt ein Vogel geflogen, sagt er. Er läßt sich auf dem Boden nieder und schaut zu mir auf, weil er mich noch nicht kennt.
Setzt sich nieder auf mein Fuß, sage ich.
Oh, Verzeihung. Er murmelt. Das hat er nicht gewollt. Normalerweise ist er zwar in Eile, aber doch die Vorsicht selber. Er will nicht auf meinem Fuß sitzen, er will mein Bein.
Das arme Füßchen, sagt er.
Er schiebt meinen Rock, den ich eigens für diese Gelegenheit gekauft habe, beiseite, damit er seine Wange anlehnen kann.
Eine schreckliche Party, sagt er.
Parties sind immer schrecklich, fährt er fort. Sowas kann Ihnen ja nicht gefallen.
Er hebt sein Glas, weil ein alter Mann vorbeigeht, den er

grüßen will. Einen Augenblick scheint es so, als wollte er aufstehen. Dann nicht mehr.
Ich wette, sagt er zu mir, hier ist keiner, der nicht mindestens ein Buch geschrieben hat. Die meisten haben ihr Soll schon übererfüllt. Wer soll das alles lesen.
Der Mann, dem er nachschaut, steht jetzt bei einer Frau, die im Türrahmen gewartet hat. Sie sieht aus, als hätte sie ein schweres Leben gut überstanden und wüßte nun mehr als andere. Das muß gute Bücher geben, denke ich.
Was für ein Buch hat sie geschrieben? sage ich.
Sie? Das ist seine Frau, sagt er. Eine wunderbare Person. Ohne sie wäre er nicht, was er heute ist. Und er ist ein schwieriger Mann. Schwierig, das kann ich Ihnen sagen. Ich möchte nicht mit ihm verheiratet sein. Sie soll eine ungewöhnliche Schönheit gewesen sein, wissen Sie das? Er lächelt bei dem Gedanken. Was sage ich, korrigiert er sich. Sie ist immer noch schön. Sehen Sie sie doch an. Was für ein Gesicht.
Der schwierige Mann winkt jetzt dem Lyriker zu. Der steht auf, eilt zu ihm, wird von einem naturwollenen braunen Arm umfaßt, denn er ist klein, während der andere groß ist, und so verschwinden sie im Nebenzimmer. Es dauert gar nicht lange, und der Kleine hüpft wieder herein und strahlt mich an.
Hat ein Zettel im Schnabel, sagt er. Aber nicht von der Liebsten einen Gruß. Da. Er hat mir sein Buch gewidmet. Jetzt muß ich es lesen. Ist das nicht zum Weinen? Wann soll ich arbeiten. Können Sie mir das sagen?
Er wischt sich mit meinem Rock den Schweiß von der Stirn und haucht einen Kuß auf den untersten Knopf. Wieder ein schlechter Moment, um ihn wegzujagen.
Am Buffett drängen sich die Dichter. Wenn ihre Teller

voll sind, blicken sie um sich, auf der Suche nach einem Platz, der bequem ist oder interessant oder wenigstens keine Unannehmlichkeiten verheißt.

Sehen Sie die Drei? sagt der Lyriker. Mythenschöpfer. Einer schreibt über aussterbende Gesellschaften, nicht uninteressant, da ja auch wir aussterben, und Aussterben ist gut für die Kunst, der andere schreibt über Pilze und der dritte über den tropischen Regenwald.

Willem, denke ich. Er ist kein Kind mehr. Er ist groß und schön.

Im Ernst. Der Mann schreibt ein Epos über den Gummibaum und erlebt Auflagen, von denen andere nur träumen können. Wie finden Sie das?

Er schreibt über den Gummibaum? Den Baum der Witwen und Bankgesellschaften? Das wundert mich.

Kennen Sie ihn?

Ja, sage ich. Früher hat er Gummibäume gehaßt.

Meine Großmutter hat mir damals ihren Gummibaum geschenkt, weil sie im Altersheim keinen Platz mehr für ihn hatte. Sie wollte ihn nicht von der Müllabfuhr umbringen lassen. Von dem Tag an konnte Willem meine Wohnung nicht mehr ertragen. Der Gummibaum mußte weg. Aber es hat nicht viel genützt. Wo mag er nun sein?

Jetzt hat Willem mich gesehn. Abwesend schaut er mich an. Dann erkennt er mich. Er sagt ein schnelles Wort zu seinen Nachbarn und kommt.

Welch ein Zufall, sagt er.

Ich stehe auf, wir umarmen uns, und ich sage: Du bist es wirklich.

Der Lyriker steht auch auf und sagt: Ich liebe Ihr Buch. Ein erstaunliches Buch. Ich lese darin.

Ja, sagt Willem. Er schaut mich mit seinen neuen braunen Augen an.
Lyrik? sagt er lächelnd. Seit wann magst du Lyrik?
Warum nicht? sage ich.
Früher warst du mehr fürs Epische. War es nicht so?
So war es.
Der Lyriker schaut auf Willems Teller, bekommt Hunger und schwankt zum Buffett. Willem lächelt noch. Heute ist freie Auswahl, sagt er. Wir haben sogar Dramatiker da. Magst du Dramatiker?
Ich setze mich wieder in meinen Sessel. Ein Sessel für zwei. Der Zufall will es, daß es der gleiche Sessel ist, wie wir ihn früher hatten.
Weißt du, daß du dich verändert hast? sagt Willem.
Ja. Ich lasse die Zeit nicht ungenutzt verstreichen.
Ich möchte, daß er sich auch setzt. Aber wenn man ihn darum bittet, tut er es nicht. Er fällt seine Entscheidungen selber.
Du hast dich auch verändert. Wie ist dein neues Leben?
Vor fünf Jahren hat er es in Brasilien angefangen. Mit nichts. Er hat jeglichen Besitz aufgegeben. Einen Koffer mit dem Nötigsten und ein Buch mit leeren Seiten, das war alles, was er noch besitzen wollte. Er hätte sogar seine Krankenkasse aufgegeben, wenn ihn nicht Menschen, die vernünftiger waren als er, davon abgebracht hätten.
Ich kann nicht klagen, sagt er. Das hätte er in seinem alten Leben nicht gesagt. Ich bin gesund. Die Bücher verkaufen sich.
Bist du glücklich?
Ja, sagt er. Ich bin glücklich, daß du da bist.
Ist das jetzt nicht der Augenblick, wo er sich hinsetzen könnte, frage ich mich. Nein, er ist es nicht.

Wo wohnst du jetzt? sagt er.
Wo ich immer gewohnt habe.
Wie du das aushältst, sagt er.
Was soll ich machen. Ich hab noch nichts Besseres gefunden.
Sag mal, was trinkst du denn da? sagt er.
Manhattan.
Wirklich, sagt er. Er setzt sich auf meine Lehne und nimmt mein Glas. Weißt du, daß ich nie mehr Manhattan getrunken habe? All die Jahre? Ich konnte es einfach nicht, sagt er, und während er ihn austrinkt, rutscht er zu mir auf den Sitz herunter. Er ist ganz warm. Er sieht mich an und schüttelt den Kopf wie das Kind, das er früher war.
Erzähl mir von Brasilien.
Er schüttelt weiter seinen Kopf. Dann hebt er beide Hände und vergräbt sie in meinem Nacken.
Mann, dein Glas, sage ich. Er stellt es weg.
Und wo wohnst du jetzt? sage ich.
Hier, sagt er. Oben. Ich bin sozusagen auf der Durchreise. Manchmal wünsche ich mir, ich könnte dableiben.
Meine Gedanken fliegen nach Brasilien. Ich stelle mir vor, wie er ein schönes Indianermädchen zur Frau genommen hat. Sie sitzt jetzt vor ihrer Hütte und schaut ihren drei kleinen schönen Kindern beim Spielen zu und wartet auf ihn.
Sag mir ganz ehrlich, sagt er, was hast du mit diesen Leuten hier im Sinn?
Nichts, sage ich ehrlich.
Man kann nicht mal vernünftig reden, flüstert er.
Und doch. Wenn man sie alle ansieht, könnte man meinen, daß sie die ganze Zeit nichts tun als vernünftig reden.

Komm, wir gehn, flüstert er.
Wir gehn, sage ich.
Du gehst voraus und wartest oben, sagt er.
Ich gehe, setze mich auf die oberste Treppenstufe und warte, kann aber nichts denken.
Wie er die Treppe heraufkommt, hat er in jeder Hand einen Teller. Auf dem einen ist Roastbeef und Brot, auf dem andern eine unverschämte Portion von exotischen Früchten.
Und was sollen die andern essen? sage ich.
Die werden auch satt, flüstert er. Wir gehen durch eine blau lackierte Tür. Drinnen umarmt er mich, ohne erst die Teller abzustellen. Er kann das. Keinen Schritt weiter, flüstert er und lehnt sich an die Tür. Wir lieben uns im Stehen. Es ist noch schöner als früher. Langsam läßt er die Arme sinken. Dann fällt das Fleisch vom Teller.
Macht nichts, sagt er. Hauptsache, der Dessert ist gerettet. Geschüttelt von Lachen und andern unüberwindlichen Gefühlen knien wir am Boden und essen Roastbeef vom Spannteppich. Es sieht scheußlich aus, aber es schmeckt viel besser als anderes Roastbeef.
He, sagt er. Wo sind unsere Brötchen.
Ja, wo sind die Brötchen?
Bloß kein Licht, sagt er. Wir werden sie finden.
Sie sind unters Bett gerollt.
Was für ein Bett, sagt er. Es ist nicht gemacht. Er zieht mich an den Beinen unter dem Bett hervor, wo ich nach dem zweiten Brötchen suche, und legt sich auf mich. Er ist leicht. Hast du das Brötchen? sagt er. Ja, sage ich. Wir schlafen sofort ein. Ich wache auf, weil die Tür geht. Dann klopft jemand. Dann höre ich Schritte die Treppen hinuntergehn.

Was ist los? sagt er.
Besuch.
Ach was, sagt er.
Wir essen die frisch aufgebackenen Brötchen. Draußen fällt ein leuchtender Nachtregen. Das ganze Zimmer steht deutlich vor meinen Augen. Ein schönes Zimmer mit selbstrenoviertem Mobiliar und an den Wänden die Werke von lebendigen Künstlern.
Wie schön du bist, sagt er. Frauen werden einfach nicht alt.
Hoffentlich hast du recht, sage ich.
Er kaut.
Und du, sage ich, wirst du alt?
Sieh mich doch an, seufzt er.
Ich kann nichts entdecken. Es ist nichts Altes an ihm.
Er beißt von meinem Brötchen ab und lacht und sagt: Ich weiß, wer an der Tür war. Dein Lyriker.
Er ist nicht mein Lyriker.
Ich dachte, du wärst mit ihm gekommen.
Ich bin allein gekommen. Das heißt, ich bin mit Sandmann gekommen. Ein Zufall.
Sandmann? Was für ein Sandmann?
Der Kritiker Sandmann, sage ich. Früher, als seine Bücher noch nicht gelesen wurden, hat er gewußt, wer das ist. Oder Brasilien hat diese Erinnerung gelöscht.
Dann war es eben Sandmann. Auch der Gedanke freut ihn. Mit vollem Mund küßt er meinen Fuß.
Und jetzt den Dessert, sagt er. Früchte aus aller Herren Länder. Man sollte das nicht anrühren. Das sieht ja aus, als hätten unsere Gastgeber noch nichts von Kolonialismus gehört.
Er rollt sich zusammen. Bitte, sagt er, bleib da.

Ich bin immer da. Erzählst du mir von Brasilien?
Nächstes Mal.
Unten haben sie Musik angestellt. Selbst aufgenommene Bänder von einer Forschungsreise. Eine Weile tun wir alles, was man nur tun kann, wenn man sich liebt, dann setzt er sich plötzlich auf und horcht. Oder er denkt. Jedenfalls spricht er nicht.
Wir müssen wohl gehn, sage ich dann.
Die Ratten verlassen das sinkende Schiff, sagt er, ohne zu erklären, was er damit meint.
Warum bist du unglücklich, sage ich.
Ich bin glücklich, sagt er. Er lächelt. Ich danke dem Zufall, der dich hergeführt hat.
Das war kein Zufall, sage ich.
Er sieht mich unzufrieden an, als würde er lieber dem Zufall danken als irgendjemand anders.
Ich habe gewußt, daß du da bist, sage ich und bereue es sofort. Ich hätte wissen können, daß man das nicht sagt. Denn mir will er diese glückliche Fügung der Dinge noch weniger zu verdanken haben als andern Leuten. Gut, daß er nicht weiß, daß ich mir sogar einen neuen Rock gekauft habe. Er tut, als hätte er nichts gehört. Er sieht dem Regen zu, bis es ihn friert. Dann zieht er seine Sachen an.
Er sagt: Ich gehe zuerst, und du kommst nach. Verstehst du? Er will, daß niemand was von unsrer Liebe weiß.
Draußen auf dem Flur ist ein Spiegel. Mein Rock hat gelitten. Er sieht jetzt alt aus. Ein Stockwerk tiefer zerbricht ein Glas auf den toskanischen Tonplatten.
Rotwein macht Flecken, sagt jemand und verlangt nach Salz, Salz, Salz.
Das Leben ist eine beneidenswerte Einrichtung, höre ich daraufhin einen Schriftsteller sagen, der sich bitter be-

klagt, weil man ihm nicht erlaubt, an einer solchen Stelle Wein zu verschütten. Als ein unerträgliches Symbol würde man mir das ankreiden, klagt er. Und einer Frauenstimme, die sagt, es gibt eben keinen Zufall in der Dichtung, antwortet er: Das kann man sich nur im Leben leisten. Irrtum. Das ist Willems Stimme, klar und weitgereist. Nichts ist Zufall, sagt er. Es geschieht, was geschehen muß.
Ein sinkendes Schiff, denke ich. Und ich?
Das kann doch nicht dein Ernst sein, sagt ein anderer. Willem meint, daß das Faktische zustandekommt durch ein unablässiges Zusammenwirken von Ursachen, seien sie nun kosmisch oder persönlich. Die Kraft der notwendigen Ursachen setzt sich in jedem Fall durch, höre ich ihn sagen. Er besitzt die Gabe, daß die Leute ihm unweigerlich zuhören, sobald er den Mund aufmacht. Ich weiß nicht, woran es liegt. Vielleicht ist er das, was man einen guten Geschichtenerzähler nennt. Kaum ist er unten bei den lebenden Wesen mit ihren zerbrechlichen Gläsern angekommen, hat er ihnen auch schon die Geschichte erzählt, die ihre Aufmerksamkeit und ihren Lebenswillen weckt, denn nun höre ich, wie er fortfährt: Um noch einmal auf diese Geschichte zurückzukommen, auf diese Geschichte von dem Mann, der nach fünf langen Jahren, in denen Weltmeere zwischen ihnen lagen, seiner Liebe wiederbegegnet und sie liebt, kopflos, als müßte das so sein, da haben wir ein schlagendes Beispiel dafür, daß nicht der Zufall, sondern die Notwendigkeit wirkt.
Mich starrt jetzt eine unbekannte Person aus dem Spiegel an. Ich winke ihr zum Abschied und steige die Treppe hinunter.
Wir sprechen über die Liebe, ruft Willem mir zu.

Welche Liebe? sage ich.
Welche Liebe, beginnt er zu grübeln. Eine unscheinbare Frage, könnte man meinen, sagt er. In Wahrheit aber eine tiefe Frage, diese Frage. Das grenzt ans Grundsätzliche. Es schreibt nicht zufällig einer von euch ein Buch über die Liebe?
Ich höre drei Antworten auf seine Frage. Erstens: Oh Gott. Zweitens: Wer tut das heute nicht. Und drittens: Als hätten wir nichts Wichtigeres zu tun. Dann bin ich bei meinem Sessel angekommen. Es ist mein alter Sessel. Willem hat ihn verschenkt, als er nichts mehr besitzen wollte.
Der betrunkene Lyriker steht vor einem Regal und erkennt mich, als er von der Lektüre der Buchrücken aufschaut. Er ist jetzt nüchtern. Ich weiß, wie er heißt. Seine Gedichte, die er seit mindestens zwei Jahrzehnten schreibt, gelten der Verherrlichung der Frau. Das ist nichts Ungewöhnliches. Viele tun das. Und es würden noch mehr tun, wenn ihnen die Verherrlichung des Mannes und seiner Qualen die Zeit dazu ließe.
Merkwürdigerweise freut er sich über meinen Anblick. Er kniet vor mir nieder und sagt: Wen haben wir denn da? Zum Aufstehn ist es zu spät.
Alle wollen über ihre Bücher reden, sagt er. Es ist schrecklich. Und es ist noch schrecklicher. Alle wollen, daß ich über ihre Bücher rede.
Das hört sich in der Tat schlimm an.
Schreiben Sie auch? sage ich.
Er sieht mich verblüfft an. Sein Blick wird düster und tief. Dann hellt er sich plötzlich auf, weil ein Plan in seinem Kopf entstanden ist.
Nein, sagt er.

Leider kommt er nicht auf den Gedanken, mich zu fragen, ob ich Bücher schreibe. Ich hätte auch gern gelogen und ja gesagt.
Mögen Sie Bücher? sagt er. Ich auch nicht.
Er hat unbeschreiblich kalte Hände, was mich erstaunt bei einem Menschen, der sich so schnell bewegt. Sie sehen trotz einer gewissen Jugendlichkeit rissig aus, als müßte er den ganzen Tag in kaltem Wasser arbeiten. Er wärmt sie an meinen Beinen.
Hilft es wenigstens? sage ich.
Oh ja, sagt er. Sehr. Es ist das einzige, was hilft. Meine Füße sind auch kalt. Immer.
Am liebsten würde er sie wärmen.

Leben

Es dauerte noch einmal fünf Jahre, wenn es nicht sechs oder zehn waren, bis Willem wieder ins Land kam. Ich war inzwischen umgezogen, verheiratet und Mutter von zwei Kindern, stand also statistisch sehr gut da.
Er konnte es nicht fassen. Er schüttelte immerzu den Kopf, aber nicht so wie früher. Es hatte sich auch sonst manches an ihm geändert. Im ersten Augenblick schien mir, seine Haare wären ausgefallen. Trotzdem war er es.
Nun hast du also doch was Besseres gefunden, sagte er.
Ja. Du hast selber gesagt, du verstehst nicht, wie ein Mensch das aushält, immer in der gleichen Wohnung.
Das soll ich gesagt haben?
Wo lebst du jetzt?
Immer im Mittelpunkt der Welt, sagte er, was nichts als logisch war. Lange war ich in Asien. Tai chi und andere Künste. Ich bin weise geworden. Ich habe gelernt.
Vielleicht kamen die Veränderungen, die ich an ihm bemerkte, vom Lernen. Das Alter, vor dem er sich in der Jugend so gefürchtet hatte, schien es noch nicht zu sein.
Brauchst du Unterweisung? sagte er.
Ja, sagte ich. Aber er konnte sich nicht vorstellen, daß meine Tage so vollgestopft waren, daß für Unterweisungen keine Zeit blieb.
Fürs Lernen sind keine Termine frei, sagte ich.
Oh Gott, sagte Willem. Bestimmt hast du jetzt einen Gummibaum.
Nein.
Sein Undank gegen den Gummibaum, dessen Heimat er seinen schriftstellerischen Ruhm verdankte, schien mir

unangebracht. Vielleicht will er jetzt auch keinen Ruhm mehr, dachte ich.
Warum hast du das getan, sagte er. Du warst immer was Besonderes.
Das war mir neu. Warum hat er mir das damals nicht gesagt?
Jetzt bist du wie alle, sagte er.
Wie alle? Das will ich nicht hoffen.
So schlimm ist das ja nicht, sagte er, um mich zu trösten. Es muß auch Leute geben, die wie alle sind.
Ja. Aber ich will nicht hoffen, daß viele so sind wie ich.
Warum?
Ich bin nicht besonders. Und es geht mir nicht gut.
Wem geht es schon gut, sagte er. Mir zum Beispiel geht es ausgesprochen schlecht.
Dir? Schlecht?
Er sah tatsächlich zehn Jahre älter aus. Aber nicht schlecht. Im Gegenteil. Ich hatte sogar den Eindruck, daß die viele Luftveränderung ihm gut bekommen war.
Bist du krank?
Krank. Krank. Was für ein Wort. Er dachte über das Wort nach. Nicht krank. Oder doch krank. Du würdest es nicht verstehn.
Wohl nicht, sagte ich, denn es war eine meiner tragfähigsten Erinnerungen, wie ich für ihn früher die Frau war, die es nicht versteht. Ich habe nie wirklich herausgefunden, ob das an mir lag, obwohl es mit andern Menschen anders ist. Da bin ich die, die alles versteht, ob ich nun folgen kann oder nicht. In diesem Punkt hat er sich also nicht verändert.
Ich hatte keins von seinen neuen Büchern mehr gelesen. Es tat mir leid, und ich entschuldigte mich dafür.

Ich komme nicht zum Lesen, sagte ich. Abends schon gar nicht. Manchmal ist mir, als verstünde ich kein Wort. Schon die Tagesschau zu begreifen, macht mir Mühe, sagte ich.
Das ist schlimm, sagte er. Du mußt was tun.
Daran fehlt es nicht, sagte ich. Ich tue ununterbrochen was.
Meinetwegen brauchst du dir keine Sorgen zu machen, fuhr er fort. Du hast nichts verpaßt. Ich habe kein Buch mehr geschrieben.
Was?
Nichts. Aus. Gewesen.
Das tat mir leid. Was machst du denn jetzt, fragte ich ihn.
Es muß dir nicht leid tun, sagte er. Ich hab was Besseres gefunden.
Ich traute mich nicht zu fragen, was das war, weil ich den Verdacht hatte, daß das zu den Dingen gehörte, die ich nicht verstehen würde.
Leben, sagte er.
Du mußt glücklich sein.
Es klang ungewöhnlich schön, wenn er Leben sagte.
Aber hast du nicht gesagt, es ginge dir schlecht? Ausgesprochen schlecht?
Ja, sagte Willem. Das gehört zum Leben. Meinst du nicht?
Wir hatten uns zufällig in unserm alten Supermarkt getroffen. Das Angebot dort war eher mäßig, das Gemüse selten frisch, was mir früher nicht aufgefallen war, weil wir wenig Gemüse brauchten. Aber ich hatte aus bloßer Anhänglichkeit die Gewohnheit, dort einzukaufen, nicht aufgegeben. Es ist schön, wenn man weiß, wo die Dinge sind, und mit einem Griff findet, was man sucht. Beson-

ders wenn man es eilig hat. Ich kann die Kinder nie lange allein lassen. Meistens muß ich sie sogar mitnehmen.
Was hältst du von dem Zufall, der uns hier zusammengeführt hat, sagte ich.
Du weißt, daß ich nicht an den Zufall glaube, sagte er.
Und doch hast du einmal darauf bestanden, dem Zufall zu danken, wenn er dir einen Gefallen getan hat, sagte ich. Er konnte sich nicht daran erinnern.
Wo wohnst du jetzt? sagte ich.
Wo ich immer wohne. Wenn ich auf der Durchreise bin. Es war gleich um die Ecke.
Erzählst du mir von Asien?
Alles, sagte er. Aber nicht hier. Der Laden ist voll von Fernsehkameras und Spionen. Sie filmen uns. Auf der Brücke steht der Kapitän vor seinem Monitor und schaut sich an, was wir machen. Willst du das?
Das macht nichts, sagte ich.
Du bist verrückt, sagte er. Nachher werden sie denken, wir hätten was geklaut. Roastbeef, sagte er traurig, Kiwis, Bananen, Ananas. Alles ist da.
Brötchen, sagte ich.
Komm, flüsterte er an meinem Ohr. Wir gehn.
Wie geht's der Frau in ihrem Indianerzelt, die sich die Augen nach dir ausgeweint hat, sagte ich.
Er dachte einen Augenblick nach, schickte seine Gedanken auf eine Reise übers Weltmeer und in den tropischen Regenwald, und als sie zurückkamen, sagte er: Sie hat mich nicht mehr gewollt.
Gibt es das? sagte ich.
Dann begann er in meinem Einkaufswagen zu wühlen, als hätte er Hunger. Seine Augen, immer noch braun, aber ziemlich dunkel geworden nach langer Abwesenheit,

kehrten von meinen Anschaffungen zurück zu meinem Gesicht, wo sie nach Jahresringen suchten.
Sag mal, wozu kaufst du das ganze Zeug? Bist du gierig geworden?
Es wird gebraucht, sagte ich. Morgen ist nichts mehr davon übrig.
Willem lachte ungläubig. Eine gefräßige Rasse, der Mensch, sagte er. Unersättlich. Und warum stehst du nicht mehr im Telephonbuch?
Das ist nun mal so, sagte ich.
Und wie soll man dich finden? Meinst du, es ist lustig, im Supermarkt auf dich zu warten? Stunden?
Nein, das ist nicht lustig, sagte ich. Ich hätte nie gedacht, daß er das tun würde.
Sag mir, daß du mich noch liebst, sagte er.
Ich liebe dich noch.
Schade, daß du lügst.
Ja. Schade.

Ideen

Ich bin aus Ungarn, sagte der Fahrer. Darum spreche ich Deutsch.

Ich wollte überhaupt nicht Deutsch sprechen. Er wollte es. Ich konnte sein Deutsch nicht verstehen.

Ist das Armenisch, sagte ich.

Nein, sagte er. Nicht Armenisch. Er sprach aber auch Armenisch, Bulgarisch, Tschechisch, Russisch und noch ein paar Sprachen, die ich mir nicht merken konnte.

Nein, sagte ich endlich. Ich brauche keinen Drink. Nie. Ich brauch bloß ein Taxi.

Sie sitzen in einem Taxi, sagte er.

Was für eine Stadt. Es war der Tag meiner Ankunft.

Sobald es in New York anfängt zu regnen, sind die Straßenecken voll von fleißigen Männern, alle noch in einem Alter, wo man gern ein Geschäft aufbaut. Sie verkaufen Schirme, meistens die Art von automatischen amerikanischen Schirmen, wie ich einen aus der Schweiz mitgebracht hatte. Sie werden alle in Japan hergestellt. Diese Schirme, ein einleuchtendes Beispiel für Verkäuflichkeit an einem regnerischen Frühlingstag, ließen mich an die Zeiten denken, die vor uns lagen. Ich habe mir dann immer vorgestellt, wie die Männer Harpunen und Flossen verkaufen in den unbeschreiblichen New Yorker Sommern.

Philadelphia ist anders, wie ich höre. Sobald dort der Regen nachläßt, stellen sich Blumenverkäufer auf in der stinkenden Luft der Mittelstreifen. Die Fahrer von Philadelphia halten unvermittelt auf der linken Spur, um Brezeln und Rosen zu kaufen. Sie brauchen mehr Blumen, als man herbeischaffen kann. Ich bin nie nach Philadelphia gekommen. Es war nicht weit. Aber was sollte ich dort? Einmal suchte ich einen Apfel. Ich fand nichts als winzige Schuhe in kostspieligen Farben. Als ich eine Schallplatte suchte, fand ich homosexuelle Badeanzüge. Sie haben mir gefallen. Ich hätte einen Hot Dog haben können, die werden gern verkauft, und eine ziemliche Auswahl von Süßigkeiten. Keine Postkarten. Mir war das neu. Trotzdem bin ich in Stunden gealtert, aus Enttäuschung.

Der Mann, der meine Liebe war, redete gern über Ideen. Ich hatte ihn nicht darum gebeten, aber plötzlich fand ich Ideen gar keine schlechte Idee. Und außerdem war er zu der Zeit nicht meine Liebe.

Ich erzählte ihm von Schweizer Kühen, Schweizer Sumo und Schweizer Hochzeitsbonbons. Sie fliegen durch die Luft. Alles schien ihn damals zu überraschen.

Ist das wahr? sagte er.

Ja, erzähle ich noch heute meinen Landsleuten. Sie haben wirklich Schmetterlinge in New York.

So manches, was Männer normalerweise haben, hatte er nicht. Erstens hatte er keine Frau. Was nicht übel war, wenn man auf Liebe aus war. Dann hatte er keinen gebügelten Anzug, wofür ich ausgesprochen dankbar war aus Gründen, über die ich jetzt nicht sprechen möchte. Er hatte auch keinen Bart. Dadurch sah sein Gesicht ziemlich nackt aus. Offenbar hielt er sein Gesicht für sehenswert, und darin konnte ich ihm nur zustimmen. Dann hatte er keine Wohnung. Ich stellte mir vor, daß ein solches Leben sehr unbequem sein mußte. Er zuckte nur mit den Schultern und lächelte, als ich ihn fragte. Aber da ich auch keine Wohnung hatte, konnte ich wenigstens sicher sein, daß er

mich um meinetwillen wollte und nicht in der Hoffnung auf ein gemütliches Heim.
Das ist nicht alles. Es fehlte noch mehr. Er ließ mich nie herausfinden, ob er mich liebte oder nicht. Aber das ist kein Grund, sich zu beklagen.
Ein Bankkonto hatte er. Er zeigte mir die Karte. Er vermied es, den Code zu erwähnen. Er ging den ganzen Tag zur Arbeit. Also hatte er einen Job, dachte ich. Eines Nachts nahm er mich bei der Hand und brachte mich zu seinem Bankkonto. Das Bankkonto sprach Mexikanisch, Puertorikanisch und Spanisch. Es sprach auch Englisch, wenn man das wollte. Wir wurden nach unsern Wünschen gefragt. Unsere Wahl fiel aufs Spanische. Dann beschloß der Computer, uns den genauen Betrag auszuzahlen, um den er gebeten worden war.
Es gibt immer eine Gelegenheit, über Ideen zu sprechen. So ist das Leben. Haben Sie das nicht gewußt? Ich habe es nicht gewußt.
Aber im Ernst, ich habe keinen einzigen Schmetterling gesehen in New York. Ich gebe es nicht gern zu, denn es war meine Schuld. Es war ja nicht Winter. Aber ich bin meistens an Orte gegangen, wo sie unmöglich hätten überleben können. Orte wie unterirdische Untergrundbahnen, grünüberwölbte Planetarien, preiswerte Hotels, teure Empfangshallen und Bankkonten. Ich würde nicht so weit gehen, diese Orte steril zu nennen, aber ganz bestimmt haben sie nichts zu bieten, was Schmetterlingen oder auch Kühen nützlich wäre. Einen Vogel habe ich aber gesehen. Das war im Park an einem verregneten Sonntag, als ich versuchte, meine gewöhnliche Geschwindigkeit beizubehalten unter einer zahllosen Menge von Individuen, die sich in einem unglaublichen Tempo bewegten.

Keiner von ihnen stolperte oder fiel tot um. Dabei hatte man es mir so erzählt. Ich schämte mich, weil ich so langsam war, und gab mir Mühe, sie nicht anzusehen. Das war nicht leicht.
So manchem bin ich aufgrund von Warnungen oder aus eigenem Antrieb ausgewichen. Drei Jugendlichen in einer gut beleuchteten U-Bahn-Station bin ich ausgewichen. Anscheinend warteten sie auf jemand wie mich. Sie hatten plötzlich ihre Unterhaltung abgebrochen. Die Idee gefiel mir gar nicht. Nie weiß ich, wovon die Leute reden, dachte ich. Ich komme mir dann so töricht vor. Ich verließ die Station in großer Eile. Als ich am andern Tag wiederkam, warteten sie immer noch.
Ich bin auch Männern ausgewichen, die an sonnigen Brunnenrändern lehnten. Man konnte sie auch an bequemen Wänden finden, verblaßte Männer, die unbestimmte Fragen an sich selber richteten, sobald jemand des Weges kam. Sie sahen verhungert aus, sprachen aber nicht davon, ganz im Gegensatz zu jenen älteren Männern, welche im Busbahnhof auf die Reisenden warteten, wenn sie die Treppe heruntergerollt kamen. Pflichtbewußt las ich die Pappschilder über ihren Hunger. Der Mann am Brunnen hatte eine abfallende Stimme. Es machte ihm nichts, daß sein gelbes Haar ihm übers Gesicht hing, wenn er sich halblaut fragte, ob ich oder sonst jemand Verwendung hätte für seine Dienste.
Man hatte mich davor gewarnt, danke zu sagen in einem solchen Fall. Das tut man nicht. Nicht in New York. Er drehte den Kopf weg. Er rechnete nicht mit einer Antwort. Er tat sogar alles mögliche, um jeder Antwort auszuweichen, die nicht die richtige war. Nur eine einzige konnte er gelten lassen: Ja. Am liebsten sofort.

Älteren Frauen mit Plastiktüten bin ich ausgewichen. Sie erinnerten mich an so manches, was mir seit langer Zeit in meiner inneren Seele Angst gemacht hatte. Ihre Gesichter zeigten die Züge der Kindheit, wenn man bereit war, darauf einzugehen. Die Art, wie sie gingen, erinnerte mich an die Zukunft.

Die kleineren Straßen um die Ecke waren voll von Kehrichtsäcken. Sie hatten wohl schon eine Weile gewartet. Sie hatten Löcher, als würde sich niemand richtig um sie kümmern. Ein paar von den Kehrichtsäcken sahen lebendig aus. Einer hockte auf dem andern. Ab und zu kam einer ins Rutschen. Sie gehn nie in die Frick Collection. Ich schon. Dort haben sie keine Männer, die an ihren Brunnenrändern lehnen. Sie wollen, daß man hereinkommt. Herzlich begrüßen sie jeden, der kein Kehrichtsack ist.

Ich habe einmal etwas über Herrn Frick gehört. Aber jetzt muß ich zugeben, daß ich vergessen habe, was er verkauft hat. Es ist so lange her. Er muß etwas verkauft haben, um all diese herzzerreißenden Beispiele der Kunstgeschichte anschaffen zu können. Wahrscheinlich hat er Güter von der Art verkauft, die ein großer Prozentsatz der Bevölkerung zu brauchen scheint. Oder wenn es nicht Güter waren, dann vielleicht Dienstleistungen. Männer mit ungewöhnlichen Fähigkeiten schaffen es ja gewöhnlich in unsern Gesellschaften.

Eigentlich sollte ich meine Schwester in San Diego besuchen. Nach zwei Wochen rief ich an.

Was ist mit dir passiert, sagte sie.

Ich war so überrascht, daß ich nicht antworten konnte. Die Frage sah ganz einfach aus. Dann entdeckte ich, daß es

nicht nur an der Überraschung lag. Ich wußte wirklich nicht, was mit mir passiert war.
Ich bin in New York geblieben, weißt du, sagte ich. Aber wie konnte sie das wissen.
Brauchst du Geld, sagte sie.
Oh, nein, sagte ich.
Ruf mich auf meine Rechnung an, sagte sie.
Das habe ich nie getan.
Es war an der Zeit, daß ihr Kind geboren wurde.
Wie geht's deinem Baby, sagte ich.
Gut, sagte sie. Es geht ihm richtig gut. Er hat grade angefangen, seinen Papa anzulächeln.
Ich hasse verregnete Flughäfen, sagte ich.
Unserer wird dir gefallen, sagte sie. Anscheinend haben sie einen hinreißenden Flughafen in San Diego.
Was nun? sagte ich dem Mann, den ich liebte.
Breite die Flügel aus und flieg, wenn du so weit bist. Im schlimmsten oder im letzten Augenblick.
Warum sagst du das, fragte ich ihn.
Weil es so schwer ist, von alten Ideen loszukommen, sagte er. Manchmal merkt man gar nicht, daß man sich irrt.
Das stimmt. Ich habe immer gedacht, daß wahre Liebe etwas ist, was es nur einmal gibt. Alle taten so, als dächten sie das. Warum nicht auch ich? Wissen Sie, was er gemacht hat? Er ließ mich auf seinem Schoß sitzen, bis die Nacht halb vorbei war. Ich war angetan. Aber er hatte vergessen, mir zu sagen, daß er in der zweiten Hälfte der Nacht zur Arbeit mußte.
An dem Tag, als ich herausfand, daß er nur tagsüber arbeitete, fing ich an zu weinen. Aber ich habe es ihm nie gesagt.
Du siehst komisch aus, sagte er.

Ja? sagte ich.
Wahrscheinlich war ich zu jung für ihn. Er mochte Frauen mit erfahrenen Gesichtern. Das hat er mal gesagt. Andererseits kann ich auch ziemlich alt aussehen. Es ist leicht. Als Baby konnte ich Schweizerisch reden. Jetzt hab ich es vergessen. Er erzählte mir, wie er seine Schweizer Uhr jahrzehntelang aufbewahrt hat. Sie muß übrigens mal repariert werden, fügte er hinzu.
Wie gern ich in seiner Haut wäre. Nur für einen Tag. Und dann vielleicht noch eine Nacht. Wozu sind Wünsche gut, wenn sie nicht erfüllt werden? Im bleiernen Morgenwind würde ich in meine zerknitterten Kleider zurückschlüpfen.
Die Münzen hinten in seinen Hosentaschen begleiteten seine zögernden Schritte mit dem ständigen Flüstern eines weitgereisten Lebens. Seine Münzen hatten alle Farben und Größen und kamen aus fernen Ländern. Er zeigte sie in einer offenen Hand.
Das ist Demokratie, sagte er. Sie leben alle friedlich miteinander. Das taten sie wirklich. Einige von ihnen waren geschaffen mit einem Loch in der Mitte.
Die mag ich am liebsten, sagte er. Man kann sie als Ohrring tragen.
Er hatte an einem der unerklärten Kriege teilgenommen. Keine Kämpfe, sagte er. Bloß ein ständiges Hin und Her.
Mitten in seinem kriegführenden Herzen behielt er die paar Worte, die ich immer hören wollte. Er hatte allerdings versprochen, sie mir eines Tages zu geben. Also hielt ich stattdessen an dieser Hoffnung fest, da ich anscheinend etwas brauche, was man behalten kann.
Ich suchte einen Laden, wo man gebrauchte Schallplatten kaufen konnte. Die Nummer war 607. Sie hatten keinen

einzigen Kehrichtsack vor der Tür. Ich ging hinein durch eine schimmernde Kristalltür, verlegen, weil ich etwas Schäbigeres erwartet hatte. Meine Schuhe fühlten sich innen ganz naß an. Der prächtige Portier beugte sich zu mir herunter, nahm mir den Schirm ab und lehnte ihn in eine besondere Ecke des Schirmständers, um ihn nachher nicht mit den andern zu verwechseln. Das hat er mir versprochen. Sie waren meinem Schirm alle so ähnlich wie ein Ei dem andern. Es war kein Sonnenlicht, was gleißend auf uns herunterströmte, aber es kam von der Decke fünf Stockwerke über uns.

Ich erkundigte mich nach Alice, was in meinen Ohren passender klang als die Frage nach gebrauchten Schallplatten.

Herr Frick, schrie die Dame mit ihrer guten sanften Stimme, haben wir eine Alice? Nein, flüsterte sie dann, hier ist keine Alice.

Aber das ist doch Nummer 607, oder nicht?

Es war 607. Sie hatten eine Juwelenausstellung. Sie wurde eben eröffnet. Alle waren in begreiflicher Erregung. Also ging ich wieder. Der Portier suchte mir meinen Schirm aus.

Gern geschehn, sprach er mit einem prächtigen Lächeln. Ma'm.

Draußen warf ich einen ausführlichen Blick auf die Bauarbeiten, die in den höheren Stockwerken von Nummer 607 noch im Gange waren.

Ich sagte meiner Liebe auf Wiedersehn.

Weißt du, wie das ist, sagte ich.

Ja, ich weiß, sagte er.

Ich rief San Diego an. Es war eine eigenartige Verbindung.

Das Gackern der Rollbahnen rutschte einfach immer wieder in unsere Kommunikation.

Wo bist du, sagte meine Schwester.

Wer weint? sagte ich.

Es war Jeremy. Er wollte mit mir sprechen.

Warum weint er?

Er will einfach nie, daß ich ans Telephon gehe, sagte sie.

Immer noch Regen in San Diego?

Oh, nein. Was du für komische Ideen hast.

Ich bin noch im Osten, sagte ich.

Ich schick dir ein Ticket.

Bitte nicht. Heute ist mein letzter Tag.

Das Auftreten der Morgensonne in New York ist erstaunlich. Zuerst erleuchtet sie die Ostfassaden der höchsten Gebäude. Millionen Menschen machen die Augen auf. Telephonnummern von sechzehnhundert Seiten freuen sich auf einen aktiven Tag.

Zu der Zeit hörte ich auf, mir Sorgen darüber zu machen, wie viel von meinem Geld ich mit mir herumtragen durfte. Ich war bereit, mein Bargeld jedem auszuhändigen, der mich dazu zwingen würde. Es waren ja genug Leute da, die es brauchen konnten.

Einer von ihnen hatte eines Tages angefangen, Zigeuner zu lieben. Von dem Augenblick an suchte er in der Stadt nach Zigeunerinnen. Obwohl er nie Erfolg hatte, verabscheute er alle andern Ausführungen. Im Park hatte er eine Zigeunergitarre gestohlen, weil sie verlassen aussah. Es war wie ein Wink, den ihm sein Schicksal ausnahmsweise gab. Dann hatte er jahrelang versucht, die Musik zu lernen. Das erwies sich als schwierig, weil er überhaupt noch nie Gitarre gespielt hatte. Er aber wollte nicht, daß der Traum seines Lebens in seiner Unfähigkeit unterging. Aus diesem

Grunde gab er nicht auf. Er hatte sogar erwogen, sich einen oder zwei Finger abzuschneiden, um seinem Ziel näherzukommen und die Musik zu machen, die in seinem Kopf saß und nur darauf wartete, daß er sie herausholte in die Wellen der wirklichen Luft. Er hatte eine Nacht in einem brennenden Haus verbracht. Er war aufs Land gezogen, aber sofort zurückgekehrt, weil er den Geruch nicht aushalten konnte.

Ich traf ihn, als er in dem Sauerstoff-Blei-Gemisch einer Garageneinfahrt saß, umgeben von leeren Sodabüchsen, angebissenen Doughnuts und den üblichen Ölflecken auf dem Asphalt. Er weigerte sich, seine Gitarre einer hochgewachsenen Persönlichkeit zurückzugeben, die sich von hinten näherte, ihr früheres Besitztum erkannte und ihm schließlich eine Flasche auf den Kopf schlug. Was in der Flasche war, sah aus wie Orangensaft. Der Mann fiel zur Seite ohne einen Seufzer. Der Große nahm die Gitarre und drückte sie an seine nackte Brust. Dann ging er weg.

Wir hatten einen schönen Morgen. Überhaupt kein Regen. Der Fahrer erzählte mir, wie seine Frau ihn verlassen hatte. Er war noch traurig.

Ich weiß, wie das ist, gab ich ihm zu verstehen.

Ich heiße Steven, sagte er.

Er wollte, daß ich ihn an Wochenenden anrief. Ich schenkte ihm meinen Schirm. Er war gut erhalten. Er sah sogar wie neu aus.

Vielleicht können Sie ihn brauchen, fügte ich bei.

Er gab mir seine Karte. Es stand LOVE TAXI drauf. Dienstleistungen Tag und Nacht.

Ich bin nur einer unter vielen, murmelte er, als er seine Privatnummer hinten auf die Karte schrieb.

Danke, sagte ich.

Nie bekommt eine Frau einen Mann zurück, wenn sie ihn haben will. Haben Sie das nicht gewußt? Ich nahm seine Uhr mit. Sie tickte nicht. Sie schlief in den Tiefen meiner Handtasche. Sie brauchte eine regelrechte schweizerische Reparatur, nicht irgendeine. Aber er hat mich nie gefragt, wann ich sie ihm zurückgebe.
Ich versuchte wieder, eine Postkarte zu kaufen. Auf dem Flughafen fand ich eine. Es war eine zollfreie Photographie unseres kreisenden Universums mit einem Pfeil und den Worten: HIER BIN ICH. Die Postkarte erreichte ihren Bestimmungsort ein paar Wochen später, als ich dort angekommen war. Ich las sie laut vor mit meiner neuen Stimme, die voll war von Erinnerungen. Da hieß es: Bitte nehmt den Müll nicht aus meinem Zimmer. Ich werde ihn bald brauchen.
Papa sagte: Tut mir leid. Aber wir konnten das wirklich unmöglich behalten. Er trug einen außerordentlich neuen Sommeranzug.
Oh, Papa, sagte ich.
Sie stellten mir die ganze Zeit Fragen über die Vereinigten Staaten. Und ich hatte überhaupt keine Ahnung, wovon sie redeten.
In Manhattan habe ich mal einen Mann getroffen, erzählte ich ihnen, weil sie es nicht abwarten konnten, daß ich wenigstens ein paar von meinen Erfahrungen mit ihnen teilte. Er wollte mir was zeigen. Nein, sagte ich, obwohl ich wußte, daß man nicht nein sagt in New York. Komm schon, sagte er. Er ging mir nicht aus dem Weg. Mitkommen, sagte er. Er meinte einen Kellereingang um die Ecke. Er drückte eine Aktenmappe gegen seinen Unterbauch. Er sah so unglücklich aus, daß einem schlecht werden konnte. Ich will es nicht sehen, sagte ich. Aber es ging nicht

anders. Ich mußte einen Blick auf das werfen, was er aus seiner Tasche holte. Es war eine zarte Frauenhand, bedeckt mit schwarzer Haut und einer gelben Papiermanschette. Entsetzt starrten sie mich alle an. Und was hast du gemacht, sagten sie.
Ich bin weggelaufen, sagte ich. Ich hörte noch, wie der Mann rief: Nein! Lauf nicht weg, bitte! Aber ich wollte es nicht hören.
Das Dong Dong der Kuhglocken hatte ein paar Tage lang ziemlich langsam und verschlafen geklungen, aber jetzt schien es eine Art Wiederbelebung zu erfahren, es machte Hopp Hopp mit allen Zeichen von zunehmender Eile. Das könnte ein Hinweis sein auf irgendeine Hoffnung in ihren Köpfen, dachte ich, wenn es nicht Angst war. Verzweiflung würde nicht so klingen.
Die Kühe schauen mir jetzt zu, wie ich an unsern natürlichen Apfelbaum gelehnt stehe und ihnen zuschaue, wie sie an ein paar Mahlzeiten kauen, die sie heute zu sich genommen haben. Noch drei Wochen, und dann wird jemand die Zäune wegnehmen. Die Kühe, die nichts von Rindfleisch wissen, werden zum Schlachthaus gehen. Auf der Weide kann ich dann dem alljährlichen Treffen der Elite im Schweizer Sumo zusehen und danach dem Wachsen von fünf mittelgroßen Wohnblocks. Und dazwischen wird mich der Anblick einer kleinen Schweizer Hochzeit überraschen, wo sich die Kinder aus der ganzen Nachbarschaft versammeln, um möglichst viele von den bunten Schweizer Hochzeitsbonbons im Fluge aufzufangen. Und ich werde nach New York gehen, wo, wenn man alt oder verrückt ist, das Leben die reine Hölle sein soll. Und noch schlimmer, wenn man eine Frau ist. Geld ist die Ursache. So sagt man.

Die Trompete

Es war der erste Bahnhof, auf dem es keine Telephonzellen gab. Das lag daran, daß ich schon an ihnen vorbeigelaufen war. Drei Nischen in der gekachelten Bahnhofswand. In zweien standen Touristen, welche mit Kontinenten zu sprechen schienen, in denen jetzt Winter war, so vertieft waren sie. Die dritte stand leer, vermutlich weil es in ihr kein Telephonbuch gab. So ging ich zum Kiosk und bat dort die Frau, mir ihres auszuleihen.
Sie können es nachher wiederbringen, sagte sie. Sie rauchen nicht?
Leider nicht, sagte ich.
Sie gab mir eine Rolle süßes Pfefferminz.
Das kostet nichts, sagte sie. Sie strahlte. Sie war eben aus dem Urlaub zurückgekommen. Ihr Gesicht war tiefbraun. Hinter ihr stapelten sich all ihre Schachteln.
Ich bin gleich wieder da, sagte ich.
Beim Telephon schrieb ich mir die Nummer heraus. Eine Adresse stand nicht dabei. Und es meldete sich auch niemand.
Als ich zurückkam, war der Kiosk zu. Der Bahnhof sah erstaunlich leer aus. Eine zerzauste Frau lief darin herum, und als ich sie fragte, wann der Kiosk wieder aufmachen würde, hellte sich ihr Gesicht auf.
Gottseidank, rief sie. Sie sind es!
Ich gab ihr das Buch zurück. Sie steckte es in ihre Tasche, als wäre ein Geheimnis darin verborgen und sie hätte mir nichts davon gesagt, um keinen Verdacht zu erregen. Jetzt erkannte ich sie.
Sie haben sich verändert, sagte die Frau.

Das war richtig. Auch von innen fühlte sich alles anders an.
Draußen war ein dunkler Himmel, in dem eben die Sonne sich wieder auszubreiten begann. Die Straßen glänzten vor Nässe, waren aber schon trocken, bevor ich ein Hotel gefunden hatte.
Alles hatte sich verändert. Nicht die Straßennamen. Nur daß sie jetzt an andern, ganz unerwarteten Stellen angebracht waren. Es waren die alten Schilder. Flecken, abgeschlagene Ecken. Löcher in der Oberfläche von den Steinwürfen. Ich sah sie vor mir, aufgebrachte Frauen, die mit harten Gegenständen um sich warfen. Dabei war ich nicht dabeigewesen. Ich war längst anderswo, als das geschah. Unser unrühmlicher Sommer, hatte Jakob in seinem Brief geschrieben, du wirst davon gehört haben, womit er sich aber irrte. Dann beschrieb er mir, wie eines Tages die Frauen in dieser Stadt sich nicht länger beschwichtigen lassen wollten mit schönen Sommern in heißen Ländern. Sie haben gestreikt, sagte er. Sie wollten einfach nicht mehr nach Kenia. Du kannst bei uns wohnen, stand in dem Brief. Und bitte bring mir meine Trompete mit. Die könnte ich jetzt gut brauchen.
Ich war nicht unvorbereitet losgefahren. Ich hatte Broschüren gelesen und Photos angeschaut, die aber offensichtlich in einer ganz andern Stadt aufgenommen waren mit Ausnahme von einem Brunnen, einem Denkmal und zwei Gebäuden. Ich war darauf vorbereitet, daß die Stadt größer geworden oder, wie es im Prospekt hieß, gewachsen war. Es gab mehr alte Leute, mehr Auszubildende, mehr Touristen, weniger Kinder und weniger Arbeitsplätze. Es gab Berufsverschiebungen. Im allgemeinen schien es aufwärts zu gehen.

Das Hotel fand ich in einer kleinen Straße, die mir bekannt vorkam, aber einen neuen Namen hatte. Zwei Kinder saßen im Eingang und hielten mir einen Hut hin. Sie kicherten, als ich ein Geldstück hineinwarf. Drinnen war alles sehr klein. Aber es gab ein beträchtliches Treppenhaus. Vor einer Wand voller Schlüssel saß eine Frau und strickte an einem Sommerpullover. Ihre Kinder waren schon groß. Ihre Enkelkinder eigentlich immer unterwegs.

Und Sie, sagte ich.

Ich kann hier nicht weg, sagte sie. Sonntag wie Alltag. Verstehen Sie mich nicht falsch. Ich kann mir gar nichts anderes wünschen. In den Ferien mache ich dann, daß ich rauskomme.

Waren Sie je in Kenia? sagte ich.

Ich nicht. Um Gottes willen.

Haben Sie gestreikt?

Sie wußte gar nicht, was ich meinte. Sie schaute mich über ihre Brille hinweg an und schwieg. Dann fing sie ruhig an zu lachen.

Wie soll ich das bezahlen, sagte sie.

Ich war sehr traurig darüber.

Sie stand auf, indem sie ihre dicken freundlichen Arme aufstützte und sich hochstemmte. Einmal aufgerichtet, blieb sie eine Weile stehen, drehte sich dann nach hinten und wühlte hinter dem Vorhang in ihren Regalen. Dann kam sie zu mir und wollte mir ihren Schirm ausleihen.

Ich danke Ihnen sehr, sagte ich. Es war ein prächtiger Schirm in den Farben des Landes. Ziemlich groß. Am liebsten hätte ich das Angebot ausgeschlagen. Es war so heiß draußen. Kein Wind. Keine Wolke.

Warum tun Sie das, sagte ich.

Sie werden ihn brauchen, sagte sie.
Es regnet nicht, sagte ich.
Sie warf einen Blick in den Spiegel. Als sie sich wieder herdrehte, stand ein Lächeln in ihrem Gesicht.
Sie werden ihn brauchen, vertraute sie mir an.
Mir fiel jetzt das Spruchband über dem Bahnhofsplatz ein. Herzlich willkommen, sagte es. Rattingen, die Stadt der plötzlichen Wolkenbrüche.
Ich nahm meine Tasche, meine Trompete und ihren Schirm.
Sie spielen Trompete? sagte sie.
Ich nickte. Schlecht.
Hier? In dieser Stadt?
Wo denn sonst, sagte ich.
Sie haben recht, sagte sie. Aber Sie müssen wissen, daß es ungewöhnlich ist.
Ich wußte es.
Nicht diese Treppe, rief sie, indem sie die Hände nach mir ausstreckte. Die geht in den Luftschutzkeller.
Sie geht nach oben, sagte ich.
Sie lächelte, diesmal ohne vorher in den Spiegel zu schauen. Sie sagte: Ich habe Vertrauen zu Ihnen.
Ja, sagte ich.
Ihr Lächeln hörte auf, und sie fuhr fort. Wir haben ihn versteckt. Ihre Stimme war eindringlich, fast möchte ich sagen hilfesuchend. Im ersten Stock. Wer weiß, wer sonst im Ernstfall alles bei uns vor der Tür stehen würde. Aber Ihnen kann ich es sagen.
Ein gutes Versteck. Darauf würde niemand kommen.
Ich dachte, im ersten Stock wäre die Tanzschule, sagte ich.
Ja, sagte sie. Natürlich.

Sie nahm einen Schlüssel und schloß mir eine Tapetentür hinter der Bar auf.
Sie nehmen diese Treppe.
Meine Tasche war jetzt schwer geworden.
Haben Sie keinen Lift, sagte ich.
Leider nicht, sagte sie. Es ist ein altes Haus.
Im ersten Stock liefen drei kleine Mädchen in der Gestalt von Maikäfern über den Flur. Beschämt blickten sie zu Boden und suchten sich hinter einem der großen Wandspiegel zu verbergen.
Wie schön ihr seid, sagte ich.
Da verbeugten sie sich und schlugen mit den Flügeln.
Sicher seid ihr Tänzerinnen, sagte ich, um sie zu ermutigen.
Sie schüttelten traurig ihre Köpfe, machten eine Verbeugung und sagten alle zusammen: Wir sind Maikäfer.
Ich setzte mich auf die Treppe und sagte: Maikäfer flieg, dein Vater ist im Krieg.
Da fingen sie an zu weinen. Tränen rollten aus ihren kleinen schwarzen Augen und die glänzenden Bäuche hinunter. Verzweifelt warfen sie sich auf den Rücken und zappelten mit ihren Beinchen. Vorsichtig drehte ich sie wieder auf den Bauch, eins nach dem andern. Bald hörten ihre Tränen auf, und sie krochen davon.
Ihr Zimmer ist dort, sagte in der nächsten Etage eine Frau mit großen Augen, die einen Staubsauger auf dem Arm trug. Sie setzte ihn zu Boden und begann, mit einem Schraubenzieher seine Zubehörteile auseinanderzunehmen.
Ist er kaputt? sagte ich.
Nein, nein, nicht kaputt. Man muß sich nur ab und zu um ihn kümmern.

Im Zimmer schloß ich die Tür hinter mir zu, warf mein Gepäck aufs Bett und ging zum Telephon. Ich hatte Herzklopfen wie beim erstenmal auf dem Bahnhof, nur daß es jetzt stärker war aus Angst vor einer weiteren Enttäuschung. Ich hob den Hörer auf, und bevor ich anfangen konnte zu wählen, wurde auf der andern Seite der geflochtenen Leitung abgenommen.
Hier ist die Polizei, sagte eine Stimme, die ich nicht kannte.
Nein, rief ich, ich brauche eine andere Nummer.
Bitte bleiben Sie am Apparat, sagte die Polizei. Dies ist eine automatische Durchsage. Es folgte ein Bericht über die wichtigsten regionalen Verkehrsbehinderungen. Dann eine Durchsage der letztjährigen Verkehrsstatistik. Am Ende die Bitte, mich jederzeit mit einem funktionstüchtigen Gurt anzuschnallen.
Bitte bleiben Sie am Apparat, sagte die Polizei dann.
Was sollte ich machen. Eine Blasmusik spielte zwei mir unbekannte Hymnen. Dann änderte sich die Akustik, und eine barsche Stimme sprach zu mir.
Im Falle einer Notsituation wählen Sie bitte die Nummer 83 84 85. Danke.
Das Gespräch war zuende.
So rasch ich konnte, lief ich nach unten, drängte mich durch eine Gruppe von Tanzlehrerinnen, die dunkelgrüne Äpfel aßen und mir längst aus der Mode gekommene Flüche nachriefen. Die Frau in der Rezeption freute sich, mich so schnell wiederzusehen. Sie ließ ihr Strickzeug sinken.
Ja? sagte sie.
Bitte sagen Sie mir, wie man telephoniert.
Oh, sagte sie. Sie heben einfach den Hörer ab.

Und dann?
Dann haben Sie das Amt.
Ich schüttelte den Kopf.
Doch, doch, sagte sie nachsichtig. Sie war nachsichtig, das wußte ich schon. Darum war ich zu ihr gekommen.
Dann kommt die Polizei, sagte ich.
Das wird nicht so schlimm sein, sagte sie.
So hatte ich das noch nicht angesehen. Sie hat recht, dachte ich.
Sie heben einfach den Hörer ab, wiederholte sie. Versuchen Sie es noch einmal. Dann wählen Sie. Dann meldet sich Ihr Freund. Dann sagen Sie ihm alles, was Sie zu sagen haben.
Es klang ganz einfach, wenn sie das so sagte.
Sie schloß mir die Tapetentür auf, die inzwischen geräuschlos ins Schloß gefallen war.
Und wirklich, als ich oben meinen Hörer ans Ohr hielt, erklang ein ungetrübtes Amtszeichen. Ich schaute auf die Fahrkarte, auf der ich die Nummer notiert hatte. 83 84 85. Das ist sonderbar, hätte ich denken sollen. Ich mußte aber etwas anderes denken. Ich wartete. Dann hängte ich wieder auf, weil niemand abgenommen hatte.
Vielleicht ist er verreist, dachte ich, ich meine jetzt, mitten im Sommer, welcher vernünftige Mensch würde jetzt hierbleiben, wenn er nicht muß, sich unnötigen Temperaturen aussetzen, ganz zu schweigen von den plötzlichen Wolkenbrüchen, die einen jederzeit bei ganz beliebigen Verrichtungen überraschen konnten und auf die die Stadtväter so stolz waren. Sie hatten die Wolkenbrüche nach einem Preisausschreiben, welches sie in ihrer Hilflosigkeit veranstaltet hatten, mit dem ersten Preis ausgezeichnet

und dann zum Fremdenverkehrsslogan der aufstrebenden Kommune erhoben.
Als ich wieder aufwachte, war es noch hell. Erst jetzt kam ich dazu, mich in meinem Zimmer umzusehen. Es war klein, hatte aber ein großes Bett und weiche Teppiche. Die Wände waren ganz mit wirklichem Damast bespannt, grün, und er zog sich auf der Seite, wo das Fenster war, schräg zur Decke hinauf, so daß es nur wenig ungestörtes Weiß gab, auf das man seinen Blick richten konnte. Es gab einen goldenen Kronleuchter mit fünf Kerzen an der Decke und zwei weitere an den Wänden, die zusammen auch fünf Kerzen hatten. Auf einem der Bilder, die großzügig aufgehängt worden waren, sah ich Bauern bei der Ernte, auf einem andern ein dreimastiges Handelsschiff mit gesetzten Segeln. Es gab einen kleinen Tisch. Einen Aschenbecher. Eine Bibel. Ein Telephon.
Aus dem ersten Stock drang immer wieder der gleiche langsame Walzer herauf. Beim drittenmal stand ich auf und ging zum Telephon. Nicht mal die Polizei meldete sich. Leise ging ich die mit Samt belegte schmale Treppe hinunter.
Aus den Türen hörte ich den Walzer, den ich schon kannte, und schlurfende Schritte. Zwischendurch ein Stöhnen. Ab und zu sagte eine menschliche Stimme: Eins zwei drei. Wenn die Musik zuende war, wurde es ganz still. Dann fing sie wieder an.
Unten saß die Frau mit dem Schlüssel und strich sich mit der Hand übers Haar. Jetzt hatte sie einen Hund bei sich, ein freundliches kleines Tier mit verzweifelten Augen.
Er beißt nicht, sagte sie.
Er bellt auch nicht, fügte sie hinzu.
Ein guter Hund, sagte ich.

Wollen Sie ausgehn?
Ja. Gewissermaßen.
Ich schüttelte den Kopf über dieses Wort, das ich viele Jahre nicht mehr gebraucht hatte und nun so leicht über die Lippen brachte, als wäre nichts dabei. Offenbar gehörte dieses Wort zu dieser Stadt wie nichts anderes.
Sie können zurückkommen, wann Sie wollen, sagte die Frau zu mir. Wir haben einen Nachtportier. Dazu strich sie wieder über ihre gelbblonden Haare, die aussahen, als gehörten sie zu einem andern Gesicht.
Draußen mußte ich feststellen, daß man nicht mehr über die Straße gehen konnte, wann man wollte. Man mußte jetzt warten, bis auf einem Lichtsignal ein kleiner grüner Mann erschien, der mitten in einer überaus energischen Gangart einzuhalten schien. Alle setzten dann wie er kraftvoll ein Bein nach vorne, um so die Fahrbahn zu betreten. Andererseits waren an bestimmten Stellen, dort, wo früher, als der Regen in dieser Stadt noch allmählich einsetzte, die meisten Autos gefahren waren, die Straßen ganz abgeschafft. Zwischen den Häuserfronten standen Tische mit Stühlen, auf denen buntgekleidete Menschen vor Gläsern mit bunten Getränken saßen und einander anschauten. Wenn ihnen ihre Kleider nicht mehr gefielen, standen sie auf und gingen zu einem oder mehreren der zahllosen Gestelle vor den Läden, an denen noch mehr bunte Kleider hingen, und suchten sich etwas aus, das ihnen besser gefiel. Sie verschwanden damit in einer Tür und kamen nach wenigen Minuten neu gekleidet wieder heraus. An den Tischen saßen auch Menschen, die in unbekannten Sprachen diskutierten und so gestikulierten, daß man vor Erstaunen gar nicht mehr wegschauen konnte. Sie wurden von den Kellnern mit Respekt behandelt.

Es war offenbar auch üblich geworden, daß Männer, die durch die Stadt gingen, kleine Kinder auf den Schultern trugen. Überhaupt schien es mehr Kinder zu geben als früher, was nicht zu den Statistiken paßte, die ich gelesen hatte, und wohl daher rührte, daß die Menschen sie nicht mehr versteckten.

Der Kellner war ein kleiner schöner Mann, der nur ein wenig hinkte. Er brachte mir, als ich aus Versehen einen Gin Tonic bestellte, ein Wasserglas voll Gin mit einem kleinen Schuß Tonic. Ich mußte husten, aber niemand sah sich nach mir um, obgleich ich die einzige war, die hustete. Alle sahen sehr gesund aus. Das fiel mir auf, weil es früher anders gewesen war. Die jungen Menschen gingen zu zweit und gingen umschlungen und lachten. Oder sie lachten nicht, waren aber trotzdem sehr glücklich. Musik drang aus den Läden auf der Schattenseite, wo ganze Formationen von Neonröhren und Glühbirnen in vielen Farben strahlten. Sie gingen an und aus im Takt der jeweiligen Musik.

Vor der Buchhandlung, deren drei Schaufenster im Gegensatz zu früher ganz mit Reiseführern und Büchern über fremde Länder vollgestellt waren, stand die Telephonzelle. Ich wählte meine Nummer.

Notfallstation, sagte die Stimme, die sich am andern Ende meldete.

Ist Jakob da? sagte ich.

Nein, sagte die Stimme und legte auf.

Unten fiel mein Geld wieder heraus.

Oh, sagte ich.

Wo mögen die Alten sein, fragte ich mich. Sie waren nicht zu sehen. Wahrscheinlich hielten sie sich versteckt in ihren alten Häusern und krochen unter ihren alten Möbeln

herum auf der Suche nach ihrer Brille oder ihrem Hörgerät. Zwei von ihnen traf ich in einem Laden. Sie hielten sich bei den Händen und suchten nach Worten.
Was darf es sein, sagte die Verkäuferin. Sie stöhnte unter der Hitze, die in Schwaden zur Tür hereinkam.
Ja, sagte der Mann, um dann der Frau das Wort zu überlassen. Wir, sagte sie und schien damit der Wahrheit schon ganz nahe zu sein, so daß der Mann fortfahren konnte: Wir brauchen Batterien.
Ganz kleine nur, sagte die Frau. Für das Hörgerät.
Die Verkäuferin zog eine Schublade zu ihren Füßen auf und legte dann etwas auf den Tisch, das in der Tat sehr klein aussah, fast winzig. Ratlos blickten die Alten einander an.
Sie haben anders ausgesehen, sagte die Frau.
Kleiner, sagte der Mann. Oder größer. Anders.
Sie können sie zurückbringen, wenn sie nicht passen, sagte die Verkäuferin trotz der Hitze.
Dann ist es gut, sagte die Frau.
Der Fernseher ist auch kaputt, sagte der Mann.
Und die Uhr bleibt stehen, fügte die Frau bitter hinzu.
Viele von den Alten konnte man gar nicht erkennen, weil sie jung aussahen. Die meisten aber waren außerhalb der Stadt, in den Hügeln, im Wald, wo schon vor Jahren die Verwaltung einen Wolkenkratzer für sie hatte wachsen lassen. Dort saßen sie in den Wolken an ihren Fenstern und hatten einen unglaublichen Ausblick auf die Agglomeration und das ganze Land.
Die Straßen waren voll von alten Gaslaternen, und ich ging nach Hause. Zwei dicke Bussarde kamen eng umschlungen die Treppe herunter. Sie sangen, während sie mit zierlichen Schritten von einer Seite zur andern tänzel-

ten. Vor mir blieben sie stehen und sahen mir aufmunternd ins Gesicht.
Es freut uns, Ihre Bekanntschaft zu machen, murmelten sie. Wenn Sie neu sind, wäre es uns ein Vergnügen, Sie herumzuführen. Sie breiteten jeweils einen zerfledderten Flügel aus und wiesen auf die Welt, die draußen vor der Tür begann.
Ich bin gewissermaßen gar nicht neu, sagte ich.
Ach, sagten sie verwirrt.
Ich bin nur da, um eine Trompete zurückzubringen, sagte ich.
Das verschaffte ihnen Erleichterung.
Dann nichts für ungut, riefen sie und rannten davon.
Draußen war es schon ganz dunkel.
So, da wären wir, sagte der Nachtportier. Ohne weitere Fragen zu stellen, nahm er meinen Schlüssel von der Wand, und als ich mich erkundigte, warum er meiner Zimmernummer so sicher sei, lächelte er.
Gefällt Ihnen das Zimmer? sagte er.
Er trug eine gestrickte Weste wie alle Nachtportiers. Er erzählte allerdings nicht von seinen Enkelkindern. Er war zu jung dafür. Er war sehr jung. Außerdem war er blaß und hatte helle Augen. Er war froh, daß er den Posten hatte.
Ein guter Posten, sagte er. Interessant. Und ruhig.
Sie haben nicht viele Gäste, sagte ich, da ich noch keine gesehen hatte.
So darf man das nicht sehen, sagte er, ohne hinzuzufügen, wie man es denn sehen sollte. Ich bin gut dran. Sicher in jeder Hinsicht. Er erzählte von seinem Studium.
Ich bin froh, daß ich es abgeschlossen habe. Andere

werden Briefträger. Oder Taxifahrer. Und nun sehn Sie mich an.
Ich sah ihn an. Er sah ausgeruht aus. Glücklich.
Ist eine Nachricht für mich da?
Alle Fächer waren leer.
Das tut mir leid, sagte er. Kann ich etwas für Sie tun?
Dann schloß er die Tür zum Treppenhaus auf. Ich hörte im ersten Stock die hastigen Schritte von vielen kleinen Füßen, dann eine Tür, die leise zugemacht wurde, und als ich dort ankam, waren die Flure ganz leer. Still war es.
Oben angekommen, schlief ich sogleich ein. Ich hatte einen schlechten Traum, in dem ich Flugzeuge hörte aus drei Kriegen, vergangenen und zukünftigen. Mir war klar, daß ich mich in einem Haus befand, das keinen brauchbaren Notausgang hatte, keine Feuertreppe und bei der geringsten Erschütterung sogleich in sich zusammenfallen würde. Ich rannte über viele Treppen in die Tiefe, verfolgt von neugierigen Rauchschwaden, die aus angelehnten Türen quollen und nach Substanzen rochen, die mir noch nie vorgekommen waren. Ich sah, wie sich die Ranken aus den Tapeten lösten. Sie hingen herab, und ihnen folgten, dem Alphabet nach, Buchstaben. Immer mehr von ihnen fielen aus der Wand heraus und blieben in wirren Knäueln auf den Stufen liegen. Vorsichtig stieg ich darüber weg, weil ich nicht wußte, wie schlimm es war, wenn man darauf trat. Dann konnte ich nicht mehr weiter, weil sie sich auf dem Treppenabsatz häuften. Hinter mir drängten jetzt unzählige Stoffpuppen, lebensgroß, gekleidet in Feudel und Putzlappen, und fuchtelten mit ihren Flederwischen. Ihre Köpfe waren aus weißem Leinen, das am Hals mit Stricken zusammengerafft war, darauf drei rote Tropfen, die den Eindruck eines menschlichen Gesichts sehr

stark vermittelten. Ohne jedes Geräusch begannen sie, mich zu schieben und zu stoßen, so daß ich nicht anders konnte, als in die Buchstaben hineinzustolpern. Das hätte ich nicht tun sollen. Im Gang begann sogleich der Alarm zu heulen. Blitze schlugen durchs Haus. Die Puppen schlugen die Hände vors Gesicht, gingen in die Knie und fielen dann um. Nein, rief ich. Steht wieder auf. Ihr könnt aufstehen. Ratlos hörte ich der Sirene zu und wachte auf.

Ich lief zum Fenster und sah in eine warme, ungestörte Nacht hinaus. Vom Zimmer folgte mir das gedämpfte Auf und Ab der Sirene, als hätte man sie jetzt mit Stoff umwickelt. Der Holzboden unterm Spannteppich bebte, weil sie unten einen Tanz zu üben schienen, der aus schnellen, kraftvollen Laufschritten zusammengesetzt war. Ich rief den Nachtportier an. Mein Telephon hatte zu diesem Zweck einen roten Knopf.

Einen Augenblick bitte, sagte er. Danach sprach er nicht mehr.

In dem Augenblick, als ich meine Tür aufmachte, um hinunterzulaufen, verstummte der Alarm. Die Tanzschule war wie ausgestorben. Die Rezeption war leer. Ich setzte mich in den Frühstücksraum und schaute zum Fenster hinaus, bis der Himmel hell wurde.

Guten Morgen, sagte eine mir unbekannte Frau, die ihren verschlafenen kleinen Kopf aus der Kochnische heraussteckte. Sie war alt und schien Mühe zu haben, auf ihren Beinen stehenzubleiben. Haben Sie gut geschlafen?

Nein, sagte ich.

Oh, sagte sie, indem sie erschrocken die Luft einzog. Röte stieg in ihr graues Gesicht. Ist etwas mit Ihrem Bett nicht in Ordnung? Wissen Sie, fügte sie hinzu, wir haben ganz neue Betten.

Es ist ein gutes Bett, sagte ich.
Sie stellte sich vor einen Spiegel gleich neben der Tür und begann, mit einem Kamm ihre Haare zu ordnen.
Es ist ja noch so früh, sagte sie. Dann band sie sich eine weiße Schürze um und trat an meinen Tisch.
Kaffee? Oder Tee?
Sie brachte mir auch die Morgenzeitung und den Veranstaltungskalender. In den Schlagzeilen sah ich nichts, was von den übrigen Nachrichten des Jahres abgewichen wäre. Der Lokalteil unauffällig. Photos von Männern, die einander die Hand gaben. Hubschrauber, die über Hügeln voller Äcker schwebten.
In der kleinen, mit Samt ausgeschlagenen Rezeption saß wieder die Frau von gestern. Sie kaute.
Als sie geschluckt hatte, sagte sie: Jetzt geht es Ihnen besser.
Sie hatte recht. Nur meine Trompete mußte ich noch zurückgeben. Eine Gruppe von Mädchen sah uns zu. Dann stiegen sie unter fortwährendem Gelächter die Treppe hinauf. Ihre Kleider, ganz ähnlich wie die, die vor dreißig Jahren üblich waren, leuchteten.
Da oben scheinen sie was zu proben, sagte ich.
Da haben Sie recht, sagte sie. Dann dachte sie nach. Die Jugend. So ist sie.
Die Türen neben meinem Zimmer standen offen. Besenkammern, Vorratsräume, Verbandszeug. Kein Mensch. 83 84 85.
Dies ist der automatische Anrufbeantworter, sagte die Stimme, die ich hören wollte. Ich hinterließ meinen Namen, meine Nummer und den Wunsch, ihn zu sehen.
Kaum hatte ich aufgelegt, läutete mein Telephon.
Wo steckst du die ganze Zeit, sagte Jakob.

Ich. Kann ich dich sehen. Ich meine, ich muß dir dies Ding doch zurückgeben.
Bist du gut zurechtgekommen? sagte er. Die ganze Zeit.
Mit der Trompete nicht, sagte ich. Sonst einigermaßen.
Die Cafés hatten sich verändert. Sie hatten jetzt bunte Baldachine über ihren Fenstern und Türen. Neuartige Stühle und Tische mit kleinen Marmorplatten. Ich setzte mich an einen, der noch leer war, denn Jakob war nicht zu sehen. Als ich die Trompete aus ihrer Plastiktüte nahm und vor mir auf den Tisch legte, sprang der Mann vom Nebentisch auf und drückte mir die Hände.
Welche Freude, sagte er. Sowas hätte Jakob nie gesagt.
Zwei Gin Tonic, rief er zur Bar hinüber. Dort war ein Mann mit einer weißen Jacke, der nickte. Dann sprach der Mann an meinem Tisch mit Jakobs Stimme weiter. Du brauchst was zu trinken. Du siehst ja ganz ausgepumpt aus. Übrigens, weißt du, daß du nicht mehr so bist wie früher?
Ich glaube schon, sagte ich. Ich finde es schwer, mir in zwanzig Jahren ganz gleich zu bleiben.
Genau, sagte er.
Endlich sagte ich: Bist du es, Jakob?
Ja, sagte er mit einem nachdenklichen Nicken, das sich lange hinzog und mit den zwanzig Jahren zu tun zu haben schien, von denen ich schon gesprochen habe. Ich heiße jetzt Markus. Aber ich bin Jakob. Wann fährt dein Zug?
In dreiundvierzig Minuten.
Zum Zeichen dafür, daß wir alle älter geworden waren und aus Freude über das Wiedersehen zahlte er meinen Whisky. Er zahlte auch meinen Gin Tonic, der dem von gestern sehr ähnlich gewesen war.

Ich bringe dich zum Bahnhof, sagte er. Er hatte jetzt ein Auto. Ich holte mein Gepäck und er sein Auto.
Machst du noch Musik? sagte ich. Ich war immer noch unschlüssig, ob ich wirklich mit Jakob sprach. Früher hatte er nie so große Jacken getragen.
Immer, sagte Jakob. Ich lebe davon.
Du?
Er strahlte und drückte die Trompete an sein Herz. Danke. Ich habe sie immer sehr gemocht. Und weißt du, ich bin ja nicht verheiratet.
Du läßt dir Zeit, sagte ich.
Ja, sagte er. Zeit laß ich mir.
Tu mir einen Gefallen, Jakob, sagte ich, zum Abschied. Gib diesen Schirm für mich im Hotel ab. Ich wollte ihn nicht mitnehmen.
Jakob wurde blaß, sein Gesicht zog sich zusammen. Woher hast du das, rief er.
Eine gute Frau hat ihn mir geliehen. Sie schien mit plötzlichen Wolkenbrüchen zu rechnen.
Das hätte sie nicht tun dürfen, sagte er. Aber er schob den Schirm unter seine große Jacke und rannte davon, bevor der Zug in Gang kam und ich ihm hätte winken können.

Der Beifahrer

Mitten in der Stadt, wo sonst keine Anhalter stehen, winkt einer. Die Ampel ist grün. Der Verkehr steht. An den Wagen vor mir ist er vorbeigegangen und sieht jetzt fragend zu meinem Fenster herein. Ich mache die Tür auf, denn so ist es schwer, nein zu sagen. Ich kann überhaupt schlecht nein sagen, wenn ein Mensch die Lippen aufmacht wie er und kein Wort spricht.
Wohin? sage ich zur Tür hinaus.
Die Richtung ist gut, sagt er.
Süden, denke ich.
Er steigt ein. Er setzt sich zurecht, er richtet sich ein. Er bringt seinen Seitenspiegel in Ordnung. Dann geht es weiter. Wir bewegen uns.
Zu Fuß geht's schneller, sage ich.
Er zuckt mit den Schultern. Einen dünnen Pullover hat er an, keine Jacke. Stofftasche. Seine Augen sind noch zu. Ich würde frieren in diesem Pullover. Ich biege rechts ab. Alle biegen ab, so daß es auch nachher nicht schneller geht. Ihm macht das nichts aus. Er wärmt sich die Hände. Es stört ihn auch nicht, daß wir nun nach Westen fahren, obwohl seine Richtung zuvor Süden war. Alle paar Meter gäbe es eine Gelegenheit auszusteigen.
Sein Blick wandert vom Auto zum Zündschloß. Ich möchte wissen, ob ich einen Fehler gemacht habe. Das Auto ist ihm zu klein. Aber er hat es sich selber ausgesucht. Sonst ist ihm wohl. Zufrieden schüttelt er den Kopf. Ich hätte ihn nicht mitnehmen sollen.
Wie viele Menschen, denke ich, sind schon in Tiefgaragen und Unterführungen zusammengeschlagen worden.

Nicht bloß im Auto. Er besichtigt die Stadt, die Schritt für Schritt vorbeikommt. Er streicht übers Armaturenbrett. Was willst du, denke ich. Wir fahren. Ich muß reden. Ich kann nicht neben einem Fremden sitzen und schweigen. Ich erzähle ihm also, wie es war, als meine Freundin im Auto überfallen wurde. Das interessiert ihn. Es ist vor einem Jahr gewesen. Manchmal habe ich mir überlegt, ob meine Freundin selber schuld hatte. Viele sagen das. Den Gedanken verschweige ich, er gehört nicht dazu. Es ist keine schöne Geschichte. Aber sie hat ihr Gutes. Sie geht zuende, ohne daß Blut geflossen wäre. Und außerdem weiß ich für eine Weile, was ich sagen soll. Die Geschichte läßt sich ausführlich erzählen. Sie ist voll von Details. Sie ist spannend. Er lehnt sich ans Fenster und sieht mich ganz glücklich an, während ich rede. Er lacht.
Irre, sagt er. Deine Freundin.
Aber er sagt nicht, wo er hin will.
Sein sanfter Blick spielt mit dem Zündschlüssel.
Zweitwagen? sagt er.
Nein.
So.
Mehr Worte macht er über diese Frage nicht. Es gibt ungefähr zwei Möglichkeiten, und er sucht sich jetzt eine aus. In einer Seitenstraße im Norden heult die Polizei. Ich bremse. Er stemmt die Füße gegen das Radio.
Und dann, was soll ich sagen?
Du siehst aus ..., sage ich, ohne daß der Gedanke schon fertig wäre. Manchmal rede ich, bevor ich weiß, was ich sagen will.
Ja? sagt er.
Er will es wissen. Wenn das so ist, werde ich ihm meine Antwort erfinden.

Wie einer, der mal Popmusiker werden will, sage ich.
Bin ich schon, sagt er.
Ich glaube nicht. Aber warum soll er nicht meinen, daß ich es glaube? Wie ich ihn anschaue, sieht er tatsächlich aus wie ein Mensch, der an Musik denkt. Übrigens mag ich Musik.
Wirklich? sage ich. Musiker? sage ich. Was spielst du denn? sage ich.
Lassen wir das, sagt er.
Wohin? sage ich. Männer, die auf diese Weise sagen: Lassen wir das, haben mich schon immer gestört. Mich stört auch die Art, wie er mit dem Fuß zuckt. Also, wohin?
Ist ok so, sagt er. Dabei bleibt es.
Die Stadt geht nach und nach zuende. Es kommen die Tankstellen. Flach liegen die Einkaufsgelegenheiten. Möbellager mit Stacheldraht. In den toten Winkeln sind die letzten kleinen Wohnhäuser versteckt und ihre struppigen Gärten. Der Himmel scheint noch und darunter das unerklärliche Licht der Stadtautobahnlaternen. Jetzt fällt ihm seine Schwester ein. Keine gewöhnliche Schwester, sondern eine von denen, die ihren Brüdern die Kranwagen wegnehmen.
Du wirst es nicht glauben, sagt er, sie war stärker als ich. Und größer. Er lacht. Sie war sogar schneller.
Ich glaube ihm. Er ist heute noch klein.
Dann macht er eine Zugabe, indem er mir an seinem Arm ein paar Muskeln zeigt und sagt: Aber nicht lange, verstehst du.
Während das Licht über der Straße gelb und undurchdringlich wird, erzählt er mir sein Leben. Er beginnt mit seiner Geburt, die Vorgeschichte läßt er weg. Schon die

Geburt war ungewöhnlich. Dann all die qualvollen Schritte durch eine Zeit, in der jedermann größer war als er. Ich nicke. Ich mag Lebensläufe. Er ist auch nicht der erste. Er zog seine Füße zu sich auf den Sitz und sah mich an, während er sein unglaubliches Leben erfand. Es war, als ob noch nie jemand über ihn nachgedacht hätte. Seine Geschichte war voll von diesen unvorhersehbaren Schüben von Zerstörungswut, die das Schicksal für viele von uns bereithält und die meine Aufmerksamkeit jeweils so fesseln, daß ich meine, ich müsse unbedingt nachträglich etwas dagegen tun. Ich werde herausfinden, was er braucht.

Hast du keine Musik? sagt er.

Mach nur, sage ich.

Und er findet etwas, das ihm gefällt. Dabei ist mein Radio klein. Mir macht das nichts. Das zu Hause ist auch nicht viel besser. Mit geschlossenen Augen blickt er zur Decke. Ab und zu kommen ein paar Noten aus seiner Kehle. Mein eigenes Leben hat nicht diese individuellen Katastrophen aufzuweisen, an die er jetzt denkt. Es stand mehr im Schatten des allgemeinen Unglücks. Jedenfalls habe ich es immer so gesehen. Ich bin jedesmal davongekommen. Er schlägt jetzt mit seinem rechten Fuß, der viel lebhafter ist als der linke, gegen das Radio.

Mein Radio verträgt das nicht, sage ich.

Entschuldige, sagt er und zieht seinen Fuß wieder zu sich herauf. Er lehnt sich in den warmen Sitz und sieht mich an. Er lächelt. Dann lehnt sein linker Fuß vertrauensvoll an meiner Jacke.

Wohin? sage ich.

Die Richtung ist gut, sagt er.

Immer noch?

Er nickt. Sein Fuß ist warm.
Er hält mir ein blaues Buch hin. Blau, sage ich. Wenn er mit dem Daumen die Seiten vorbeiblättert, sieht man bewegte Bilder. Ein Film. Es sind seine Adressen. Sie ziehn vorbei wie Tweedledee, dem es nach einigem Zögern gelingt, mit seiner genagelten Keule einen Dinosaurier zu erlegen. Wie er das Buch zuklappt, sehe ich kleine Sterne aus dem Kopf des Monstrums aufsteigen.
Tweedledee, sage ich.
Was soll schon sein, antwortet er vollkommen logisch.
Wir sind auf der Landstraße. Wir fahren zwischen alten Apfelbäumen durch, einer nach dem andern tritt uns erstaunt entgegen. Blätter haben sie keine.
Er sieht in meine Augen.
Ok, sagt er so plötzlich, daß ich anhalte, denn er sagt es, wie andere sagen: Danke, da wären wir. Er nimmt seinen warmen Fuß weg. Er steigt aus.
Das ist es.
Es ist ein von abgeblättertem Wein überwuchertes Haus, auf das er zeigt. Aus ein paar Fenstern scheint Licht. Abseits von der Straße liegt es, auf dem freien Land. Mein Traumhaus, denke ich jeden Tag zweimal, wenn ich daran vorbeifahre. Das kann er nicht wissen. Er steht neben dem Wagen. Ich winke. Ich fahre weiter.
Der Dunst über dem Land leuchtet. Im Rückspiegel kann ich ihn sehen. Erst bleibt er stehen und sieht sich das Haus an. Dann setzt er sich in Bewegung. Er geht am Straßenrand entlang, vornübergebeugt. Nein, krumm. Ohne Jakke. Er geht auf die Stadt zu. Den ganzen Weg zurück?

Ich habe plötzlich Mühe, die Straße zu erkennen. Ich kann nicht mehr atmen. Ich kann den Gedanken nicht aushal-

ten, daß er zu Fuß in die Stadt muß. Durch das nächste Dorf fahre ich noch, dann kehre ich um. Dunkel ist es.
Er steigt ein.
Wohin, sage ich.
Diesmal zuckt er wenigstens mit den Schultern, so daß ich annehme, er weiß es wirklich nicht.
Suchst du ein Zimmer? Einen Platz für die Nacht?
Ich kann ihn nicht ansehen. Man muß mir nur von einem Menschen erzählen, der nicht weiß, wo er in der Nacht hin soll, und mir wird schwindlig. Es schnürt mir einfach die Kehle zu. Ich starre durch die Scheibe. Ich sehe nichts.
Er antwortet nicht. Er hockt in seinem Sitz. Er sieht mich von der Seite an und schweigt. Ich beginne zu fahren. Der Scheibenwischer fährt hin und her.
Stell doch mal das Ding ab, sagt er.
Sein Lächeln ist weg.
Ich wische mir das Gesicht ab. Am liebsten würde ich aussteigen und zu Fuß nach Hause gehen. Dort sieht mich keiner. Es ist auch nicht weit. Die Apfelbäume haben aufgehört. Ich halte an. Er hat seinen Kopf in den Nacken gelegt, so daß er mich von oben her ansehen kann. Ich schüttle den Kopf.
Wo soll's denn nun hingehn, sagt er.
Ich wende, weil mir nichts in den Sinn kommt, was ich tun könnte, wenn wir jetzt in die Stadt fahren.
Brauchst du einen Platz für die Nacht, sage ich.
Das hast du schon mal gesagt, sagt er.
Jetzt wieder Apfelbäume. Dann das Haus. Das Licht haben sie ausgemacht. Eine Straßenlaterne brennt. Dann keine Laternen mehr. Er zieht sein blaues Buch aus der Tasche, um sich damit auf die Knie zu schlagen.
Was willst du eigentlich, sagt er.

Was ich will? sage ich.
Was soll's, sagt er und kommt auf die traurigen Tatsachen des Lebens zu sprechen. Mir wäre es lieber, er würde jetzt einfach schweigend neben mir sitzen. Er schickt einen langsamen Blick herüber wie ein Mensch, der einiges hinter sich und noch alles vor sich hat.
Und dann, an den nächsten Baum gelehnt, sehe ich diese Frau mit ihrem Kinderwagen. Ich kenne sie. Sie schaukelt den Wagen. Es ist einer von den tiefen, breiten, die man einmal hatte, aus Rohr geflochten, mit einsinkendem Verdeck. Den Griff hat sie mit der Hand gepackt. Oder sie hält sich daran fest. Ich kenne sie. Sie steht im Licht der Scheinwerfer und sieht mir mit großen Augen ins Gesicht. Jedesmal. Auf dem Wagen zwei Taschen, mit Stricken festgebunden. Sie hebt einen Arm und tritt auf die Straße.
Wie soll ich dem Kinderwagen ausweichen? Als das Quietschen der Bremsen vorbei ist, schüttle ich mich, weil ich sie nicht mehr sehen kann.
Er ist gegen die Scheibe geflogen und spricht weiter.
Mir tut das ja leid, fährt er in seiner Rede fort, als ob nichts geschehen wäre. Aber eine Frau, ich meine, sagt er, wenn sie erst mal vierzig ist, dann ist einfach nichts mehr zu machen.
Was? sage ich.
Lassen wir das, sagt er.
Ich drehe die Scheibe herunter. Schnell. Es ist dunkel hinter uns. Rotes Licht fällt auf den Straßenrand, auf den Splitt, auf kriechende Gräser und trockenes Kraut, das sich neben einem Baumstamm erhebt. Kein Mensch. Sie ist weg. Das macht sie immer so.
Hallo, sage ich zum Fenster hinaus und setze zurück.

Was soll das, sagt er.
Ich werde es ihm nicht sagen. Dein Gesicht, denke ich, ist erst vollständig ohne das Lächeln. Dabei war es ein gutes Lächeln. Viel besser, als ich dachte. Er schüttelt den Kopf. Er atmet schwer.
Womit hab ich das verdient, sagt er.
Du steigst jetzt aus, sage ich.

Die Brandstifterin

Als ich wieder nach Hause kam, war es nicht mehr das gleiche. Ich will nicht sagen, daß andere Möbel da waren. Sie standen sogar an ihren alten Plätzen. Auch dieser Tisch, den wir anscheinend haben müssen. Er ist mir zu schwer, und ich wäre froh, wenn wir ihn loswären. Seine Mutter sagt jedesmal, er sieht nach was aus, und das tut er auch. Man kann Kaffee über ihm ausgießen. Keiner sieht ihm etwas an. Nicht die Flaschen. Nicht die Stühle, die auf ihm zerbrochen sind. Nichts. Er bleibt sich gleich und sieht nach was aus. Seit acht Jahren leben wir mit diesem Tisch.

Was willst du, sagt Ernst. Wir brauchen so einen Tisch.

Du mußt ihn nicht wegschieben zum Staubsaugen, sage ich.

Du brauchst nur ein Wort zu sagen, sagt Ernst.

Er ist großzügig mit seinen Angeboten. Er weiß, daß er im Büro ist, wenn ich davon Gebrauch machen möchte. Wenn ich jenes eine Wort an einem Samstagnachmittag sage, wundert er sich, daß ich mit meiner Arbeit noch nicht fertig bin. So viel kann das doch nicht sein.

Halb elf war es, als ich nach Hause kam. Mein Küchenstuhl stand unverrückt. Auf ihm lag die Zeitung von gestern. Oder war das die Zeitung von heute? Nein. Und selbst wenn sie es wäre, könnte das, was ich wissen will, noch nicht drinstehen.

Es klopfte. Ich ging an die Tür, und es war keiner da. Außerdem funktioniert unsere Klingel. Manche klopfen lieber. Sie meinen, daß das weniger stört. Andere klopfen an die Wand, weil die Kinder zu laut sind. An diesem

Morgen war es allerdings vollkommen still. Keine Kinder da. Haben sie sie weggebracht? Nach acht Jahren komme ich eine einzige Nacht nicht nach Hause, und schon bringen sie die Kinder weg?
Die bekannten Schritte im Treppenhaus. Die bekannte Art, den Schlüssel umzudrehn und die Tür aufzureißen. Beides diesmal anders als sonst.
Ernst, sagte ich, wo sind die Kinder?
In der Schule, sagte er.
Ich griff mir an den Kopf. Wie kann man vergessen, daß die Kinder morgens in der Schule sind. Andererseits schien es mir überhaupt nicht merkwürdig, daß Ernst mitten am Vormittag nach Hause kam. Er trat zur Tür herein, und ich fand nichts dabei.
Er starrte mir entsetzt ins Gesicht. Wo kommst du her? sagte er.
Und warum war Ernst aus dem Büro gekommen?
Bist du krank? fragte ich ihn. Er sah nicht krank aus. Es mußte schlimmer sein. Es war etwas in seinem Blick, das sonst nicht da war. Er hatte eine Plastiktüte bei sich, stellte sie auf den Tisch, und sogleich begann ich sie auszupakken. Cornflakes, Spaghetti und Smarties.
Soll das der Speiseplan sein? sagte ich, da mein Mann ein Anhänger von Speiseplänen ist und will, daß ich alles im voraus überlege und die Quittungen aufbewahre. Nicht ein einziges Vitamin? Kein Spurenelement?
Du hast die Milch vergessen, sagte er.
Ich nickte. Milch enthält vieles. In meinem Kopf dachte ich: Blei und DDT. Mein Kopf ist jetzt so. Zwei Gedanken zu viel. Und Ernst meint, daß ich die Milch vergesse.
Ich glaube, *du* hast die Milch vergessen, sagte ich.
Er schaute in die Tüte und zuckte mit den Schultern, als er

sie nicht fand. Gut, dachte ich, warum soll ein Anfänger nicht einen Fehler machen. Er wird lernen aus seinen Fehlern.
Er schien es schon zu bereuen, daß er eingekauft hatte.
Warum bist du nicht im Büro? sagte ich. Bist du krank?
Haha, sagte er. Es war kein Lachen. Er legte den Kopf in den Nacken und schaute in meine Ecke. Ich stand am Spülbecken und ließ, ohne es zu merken, Wasser einlaufen für den Salat von gestern, der vermutlich noch im Kühlschrank war. Mir macht das nichts aus. Der heutige ist ja auch von gestern.
Würdest du nun wohl die Güte haben, sagte er langsam zu mir, seiner Frau, dich zu äußern?
In diesem Augenblick war ich sicher, daß sie ihn rausgeworfen hatten. Er ist einer von denen, die sich nicht gern Vorschriften machen lassen, und die werden, wie man weiß, immer zuerst an die Luft gesetzt. Er ist ein Mensch, der nie krank wird. Das gibt es bei ihm gar nicht.
Das darf nicht wahr sein, dachte ich und schüttelte den Kopf.
Dann kann ich wohl gehn, sagte er.
Wohin?
Wohin, sagte er. Geld verdienen. Das kann sich ja nicht jeder leisten. Kommen und gehen, wann es ihm paßt.
Bei früheren Gelegenheiten hat er gesagt: So gut wie du möchte ich es auch mal haben. Ich hatte grade in der Spielwarenabteilung aufgehört und fand, daß er recht hatte. Aber nicht lange. Dann sagte ich: Am liebsten würde ich wieder was arbeiten. Halbtags. Er sah mich dann an, schüttelte nicht mal den Kopf und zog im Gehen die Tür hinter sich zu, weil er mich liebte und weil er der Meinung war, daß ich es besser haben sollte als

er. Oder er sagte: Du weißt gar nicht, wie gut du es hast.
Kaum war er gegangen, hörte ich, wie sie von unten mit dem Besenstiel an die Decke klopften. Sie meinen immer, daß der Lärm von uns kommt. Wir können so still sein, wie wir wollen.
Sie haben ihn gefeuert, nehme ich an, und er will nicht darüber sprechen. Er will es geheimhalten. Meinetwegen? Nein. Sein Vater würde das nicht überleben, hat er einmal gesagt. Aber der Satz gefiel ihm nicht. Von da an sagte er: Das darf ich ihm nicht antun. Rausgeworfen? Und seit wann? Nicht erst seit heute? Vielleicht geht er schon seit langem ganze Tage spazieren um seines Vaters willen, dem er das nicht antun darf, und schreit mich an, weil ich mit den Kindern nicht zurechtkomme. Ist er darum nie krank, wegen der frischen Luft?
Pünktlich um fünf wird er jedenfalls wieder hier sein, damit ich glaube, daß er gearbeitet hat. Jetzt unpünktlich zu sein, das liegt nicht in seinem Interesse.
Um fünf fragte ich ihn: Bist du heute morgen wirklich hiergewesen? Ich zweifelte plötzlich daran. Mein Gedächtnis funktionierte nicht so wie sonst. Mein ganzer Kopf war anders.
Er gab keine Antwort.
Da fiel mir etwas ein. Die Kinder sind heute mittag nicht nach Hause gekommen. Wo können sie sein?
Bei meiner Mutter natürlich, sagte er.
Oh. Wie konnte ich das vergessen. Aber es hätte mir ruhig jemand etwas davon sagen können.
Ihre Bettchen sind unberührt. Sie liegen so da, wie ich sie gestern gemacht habe. Auch die Zeitung von gestern liegt da, wo ich sie verlassen habe. Was ich wissen will, wird in

der Zeitung von morgen stehen. Die von heute gibt es nicht. Vielleicht ist wirklich noch gestern. Ich bin in Gedanken vorausgelaufen, in Wahrheit aber noch an irgendeinem Punkt des gestrigen Tages. Ich sitze mit meiner Zeitung am Küchentisch, ich sehe den Salat im Durchschlag stehen, den Salat von gestern, und überlege, ob ich, bevor ich mit dem Kochen anfange, doch noch zur Post gehen und nach meinem Brief fragen soll. Seit Monaten hat er auf sich warten lassen. Heute weiß ich, daß dieser Brief, der erst nicht kommen wollte, gestern plötzlich auf dem Postamt lag und mir mitteilte, daß mein Gesuch abschlägig beschieden und der Rechtsweg ausgeschlossen sei. Kein Wort des Bedauerns. Oder ist der Ausdruck ›zu unserm Bedauern‹ ein Wort des Bedauerns? Ich glaube nicht. Es heißt: Du kannst uns mal, du dumme Gans.

Ich weiß noch, was ich dachte, als ich den Salat so stehen sah. Salat ist gesund, dachte ich. Ich habe es jedenfalls noch so gelernt und finde es schade, von einem schönen Gedanken Abschied zu nehmen.

Willst du mir nicht endlich sagen, was du gestern gemacht hast, sagte Ernst um zehn nach fünf.

Es war zum Lachen. Feuer gelegt habe ich, im vierten Stock, bei den Spielwaren, erklärte ich ihm.

Nun nimm dich zusammen, sagte mein Mann. Er kann mit außerordentlicher Entschiedenheit sprechen, wenn er will. Oder bist du verrückt geworden?

M-m, sagte ich. Mehrmals schüttelte ich den Kopf.

Kein Wunder, daß du mit den Kindern nicht zurechtkommst.

Das ist nicht wahr. Ich komme gut zurecht. Sie sind nur zu laut. Vielleicht daß es in einer andern Wohnung besser

ginge. Dabei gefällt mir die Wohnung. Es hören nur zu viele Leute zu in den andern Stockwerken.
Ernst versucht gern, mir einzureden, daß ich mit den Kindern nicht zurechtkomme. Ich weiß auch warum.
Ernsts Mutter sagt: So einer Arbeit mußt du nicht nachtrauern. Natürlich hat sie keine bessere für mich. Dazu hätte ihr Sohn eine bessere Frau heiraten müssen. Außerdem sieht sie mich gern im Haus. Sie hat mich damals überredet, meine Stelle aufzugeben. Es ist ihre Schuld, wenn ich kein Mutterschutzgeld bekommen habe. Und warum soll ich das nun ausbaden? Es ist etwas, was mir zugestanden hätte, und dafür will ich Schadensersatz. Jetzt. Ich kann das nicht einfach so hinnehmen. Ich lasse mir nicht alles gefallen. Sonst wäre ich bestimmt nicht monatelang zur Post gerannt, um mir dort das Kopfschütteln anzusehen. Und jetzt wollen sie mir nichts geben. Keine müde Mark. Und schon gar nicht, was ich verlangt habe. Sie hätten es getan, wenn ich die richtige Form gefunden hätte. Aber dazu braucht man einen Anwalt, und wie soll ich einen Anwalt bezahlen, ohne daß es jemand merkt. Kann mir das jemand sagen?
Wenn es nach seinem Vater gegangen wäre, hätte Paul Anwalt werden sollen. Jetzt ist er Sachbearbeiter. Es wäre vielleicht nicht schlecht gewesen. Andererseits, hat nicht in der Zeitung gestanden, daß auch Akademiker ihre Frauen bedrohen? Viele tun es. Das macht gar keinen Unterschied. Nur eins muß ich sagen: Man hätte ihn nicht entlassen können. Einen Anwalt nicht.
Ich habe gefragt, ob sie mich wieder nehmen. Sie tun es nicht, weil der Spielzeugmarkt ein rauhes Pflaster ist. Und weil sie nicht auf mich gewartet haben. Jedesmal, wenn meine Schwiegermutter anruft, bin ich froh, daß sie mich

nicht nehmen. Ich wüßte nicht, wie ich es ihr sagen sollte. Sie hat mich versorgt, als ich schwanger war. Sie mag schwangere Frauen, auch heute noch. Und sie hat recht gehabt, ich *war* elend, ich *mußte* mich schonen, ich *mußte* an mich selber denken. Ein Kind braucht seine Mutter. Nur daß sie mich überredet haben zu kündigen, das war nicht recht von ihnen. Sie kommt mit ihren selbstgebackenen Kuchen. Und ich? Ich habe angefangen, Strümpfe zu stricken, um auch etwas in der Hand zu haben.
Ich war eine gute Verkäuferin. Das wissen sie genau. Wenn sie sehen, daß ich es ernst meine, werden sie sich besinnen. Sie werden bezahlen. Ich will die vielen Briefe nicht umsonst geschrieben haben. Und beim Postamt sind sie mit der Zeit auch mißtrauisch geworden. Ich kann mir denken, was die sich vorstellen: eine Frau, die immer wieder nach postlagernden Briefen fragt und keinen bekommt. Ich kann ja nicht gut hingehn und sagen, daß es nicht das ist, was sie meinen. Das wird sie erst recht aufmerksam machen. Und dann werden sie mich wirklich kennen. Schon jetzt stoßen sich die Lehrlinge an, wenn ich zur Tür hereinkomme.
Ich stand draußen vor dem Postamt, in der linken Hand den leeren Umschlag, in der rechten, die oft etwas anderes tut als das, was ich von ihr erwarte, den Brief, zusammengeknüllt. Eben war diese Hand dabei, ihn ins Gebüsch zu werfen, ohne sich vorher nach einem Abfallkorb umzusehen. Ich starrte auf den Umschlag. Rechtsabteilung. Ich hätte mir denken können, daß sie so etwas haben. Das lassen sie nicht von der Personalabteilung erledigen. Dort gibt es noch Leute, die mich von früher kennen. Dann ging ich langsam die Straße hinunter bis zur Kreuzung.
Neben mir stand eine Frau und wartete. Klein war sie, sah

mir ins Gesicht und fragte, ob ich hinüberginge. Ob ich sie mitnehmen würde. Wir gingen zusammen weiter. Wir kamen langsam voran, obgleich sie eilig lief. Ich konnte mir gar nicht alles merken, was sie sagte.
Immer geradeaus muß ich, sagte sie. Zur Kasse. Ich frage mal, ob ich nun Lohnausgleich kriege oder Krankengeld. Ich muß ja leben. Ich muß Geld haben. Ich hab mich jetzt krank schreiben lassen.
Der Regen vor dem Postamt hatte aufgehört. Die Straßen waren naß. Die Frau neben mir zog mich vom Randstein weg. Unzufrieden betrachtete sie meinen Mantel.
Eigentlich müßten die Autofahrer die Reinigung bezahlen, sagte sie. Bloß man erwischt sie nicht. Wer kann sich schon all die Nummern merken.
Während wir über die Fahrbahn gingen, schwieg sie. Aber ich muß leben, fuhr sie nachher fort. Man muß heiraten und nicht immer arbeiten für andere Leute. Lassen Sie sich das von mir gesagt sein. Sie sind noch jung. Ich weiß, wovon ich rede. Die Oberschwester beschwert sich immer. Das nützt überhaupt nichts.
Das war gestern.
Bei mir in der Küche stehn die Teller im Schrank und sind doch nicht sauber. Der Salat, der noch dasteht, weil die Kinder nicht nach Hause gekommen sind, muß wieder in den Kühlschrank. Morgen wird er der Salat von vorgestern sein, denke ich, während das Wasser einläuft für die Teller. Beim Abwaschen spreche ich die Worte der Frau von gestern vor mich hin, als wäre es heute gewesen.
Schönes Wetter heute, wiederhole ich. Urlaub wollte ich haben. Kann ich aber nicht kriegen. Ende Juni erst, und dann ist es so warm. Immer beschwert sie sich. Die andre fehlt schon vier Wochen, das nützt ja nichts. Einen Mann

haben. Ich such mir andere Arbeit, viel schönere. Ich geh mal zum Arbeitsamt. Ich muß ja leben, Lohnausgleich, oder ob die Firma das macht, und Krankengeld. Immer die Oberschwester. Ich hab mich jetzt krank schreiben lassen.
Das haben Sie schon gesagt, denke ich. Aber es ist mir gleich, wie oft sie es sagt. Die nächste Ampel wird grün. Wir gehen.
Morgen geh ich wieder zum Arzt und laß mich noch länger krank schreiben. Das macht der ohne weiteres. Ich sag, ich muß mich noch erholen. Die Nerven, das geht doch nicht. Sie beschwert sich immer. Ich muß ja Geld haben zum Leben. Ich such mir was. Würden Sie doch auch machen. Oder?
Ja, sagte ich. Tut mir leid. Ich hielt ihr meinen nassen Briefumschlag hin. Sie nickte.
Ich verstehe, sagte sie.
Ich verstehe nicht, dachte ich.
Sie sagte: Es macht nichts, ich bin sowieso da. Sie blieb vor dem vergitterten Eingang eines Neubaus aus den sechziger Jahren stehen.
Zu, sagte sie.
Nicht zu, sagte ich und drückte ihr die Tür auf.
Ach, sagte sie. Ich glaube, ich geh lieber morgen.
Morgen ist zu, sagte ich. Sie gehn heute.
Ach, sagte sie noch einmal und ging hinein. Ich ging allein weiter.
Um fünf wird Ernst in der Tür stehen und fragen: Hat jemand angerufen, dachte ich.
In drei Stunden kommt er nach Hause. Bis dahin muß alles so aussehen wie immer. Er wird sich zu mir setzen und sagen: Einmal mußt du mir ja doch erzählen, wo du

gewesen bist. – Du hast recht, werde ich sagen. Ich war einkaufen. Die Kinder brauchen so viel. – In der Nacht? Ernst wird mich verwundert anschauen, weil er will, daß es mir gut geht. Er glaubt, daß ich meinen Schlaf brauche. Nein, denke ich, das kann nicht sein, daß sie ihn entlassen haben. Das ist nur so ein Gedanke von mir.

Ich legte das Tuch aus der Hand, um erst Kaffee aufzustellen, aber meine Rechte, die diesmal weiter dachte als ich, zog den Stecker wieder heraus. Wozu brauchte ich eine Kaffeepause, wenn die Kinder nicht da waren? Während ich abtrocknete, wanderten Bilder durch meinen Kopf. Mein ganzer Kopf voll von Bildern, wie ich sie noch nie gesehen hatte. Feuer und Flammen. Flackernde Verkehrspuzzles. Dann sah ich, wie die Puppenausrüstungen Feuer fingen, Goldhaar und Spitzenwäsche, wie die Quartette aufsprangen und die Legos weich wurden. Wie ihre Warzen Blasen schlugen. Dann tropften sie über die Regale zu Boden. Berge von gutlackierten Autos, ferngesteuert und mit Handbetrieb, sah ich in Flammen aufgehen. Ich zählte meine Teller. Wo ist er nur? sagte ich zu mir. Es müssen zehn sein. Früher zwölf, jetzt zehn. Und warum heute nur neun? Im Kühlschrank war er nicht. Im Wohnzimmer roch es nach Asche, nach Bier, aber der Teller war nicht da. Vielleicht haben sie ihn auch mitgenommen.

Ich würde mich gern arbeitslos melden, denke ich manchmal. Nicht wegen des Geldes, obwohl ich mir davon einen Anwalt nehmen könnte, sondern weil ich dann stempeln gehen müßte. Man muß dort vorsprechen. Das würde mir gefallen. Man weiß doch wenigstens, was man zu tun hat.

Als ich gestern ins Warenhaus kam, durch den Haupteingang, wo mich keiner kennt, gingen mir unaufgefordert die einzelnen Posten einer Einkaufsliste durch den Kopf.

Es war eine lange Liste. Ich war einkaufen, hörte ich mich bereits zu Ernst sagen. Spielsachen. Nein, keine Spielsachen, sie haben schon genug. Kleider. Die Kinder wachsen. Jeden Tag. Besonders nachts. Sie wachsen, wenn sie in ihren Betten liegen, haben Sie das gewußt? Ich schlage die Decke zurück und sehe zu, wie sie wachsen.
Die Verkäuferinnen in meiner alten Abteilung, wo ich jedes Schlupfloch kannte, waren alle neu.
Kann ich Ihnen helfen, sagte eine von ihnen.
Nein, sagte ich. Dabei weiß ich, was diese Antwort für eine Verkäuferin bedeutet. Ich konnte einfach nicht anders. Und außerdem, sie sollen sich daran gewöhnen.
Neben mir sah ich, wie Mütter mit ihren kleinen Kindern auf Regale zusteuerten, die den Ruin ihrer Kinder bedeuten werden. Voller Eifer, ihren Kleinen eine Freude zu machen, führten sie sie dorthin. Sie jauchzten sogar beim Anblick der Stofflöwen. Und tapfer sahen sie dem Augenblick entgegen, wo sie ihr Kind daran hindern mußten, alles zu wollen. Oder wenn nicht alles, dann doch wenigstens die Hälfte. Ich sah, wie sich in ihren Köpfen die Argumente sammelten. Schweißperlen traten auf ihre Stirnen. Aber kein Argument ist gut genug, wenn man erst einmal hier ist.
Warum schiebt diese Frau den Kinderwagen zu den Stofftieren? Freiwillig oder weil das größere Kind an ihrer Hand sie zieht? Eins will sie kaufen. Das Kind will fünf. Die Wahrheit wird in der Mitte gesucht, wo sie aber niemals liegt.
Er ist müde, sagte eine andere Mutter entschuldigend über ihren Sohn, der in seiner silbernen Karre saß und schrie. Er hörte nicht auf. Ich kenne diese Schreie so gut. Sie fahren mir zu den Ohren herein und dann auf dem kürze-

sten Weg ins Herz. Man kann sich ja nicht gut die Ohren zuhalten. Am liebsten wäre ich gegangen und hätte das Kind aus seiner Karre gerissen. Aber das mögen die Mütter nicht.

In diesem Augenblick wünschte ich mir, ich könnte alles, was mir gefiel, kaufen, um es meinen Kindern zu schenken. All ihre unerfüllten Wünsche gingen mir im Kopf herum und wollten dort bleiben.

Oh, sagte ich.

Kann ich Ihnen helfen, sagte die Verkäuferin wieder.

Ich wollte nicht unhöflich sein und sagte: Das glaube ich nicht.

Daran mußte ich denken, wie ich unsere Teller noch einmal durchzählte. Neun.

Du kommst eine Nacht nicht nach Hause, schoß es mir durch den Kopf, und schon nehmen sie dir die Kinder weg. Das Spielzeug der Kinder, gestern noch verstreut, liegt heute plötzlich ordentlich in den Regalen. Manches fehlt. Sie haben es mitgenommen.

Die Leute von nebenan, die merkwürdigerweise ihr Schlafzimmer neben unserer Küche haben, klopfen an die Wand.

Aufhören! schreie ich zurück, denn heute weiß ich genau, daß wir es nicht waren. Und ich möchte mal wissen, warum sie wollen, daß ich glaube, sie gingen um diese Zeit schon ins Bett.

Ich habe dort übernachtet. Ich kenne mich aus in dem Laden. Sie können mir nichts vormachen. Es war eine entsetzliche Nacht. Ich konnte kein Auge zutun. Ich habe mir ein Bett gemacht aus Teddybären und schwarzen Panthern. Es war schön und weich. Die Nacht war trotzdem schrecklich. Dutzende von Moncchichis starrten mir ins Gesicht. Sie wiesen mit den Händchen auf Schachteln mit Kleidern und einen Schwarm Fesselballons, mit denen sie gern fliegen wollten. Ich nehme es den Moncchichis nicht übel. Warum sollten sie besser sein als wir. Außerdem habe ich mir den Platz selber ausgesucht. Das Zeug in den andern Gängen war noch viel schlimmer. Besorgniserregende Ausrüstungen aus vielen Kulturen, vergangenen und zukünftigen. Es war eine Folterkammer. Ich bin zwischen den Regalen hin- und hergeschlichen, damit mich der Nachtwächter nicht entdeckt. Kein Auge zugetan. Mitten in der Nacht wäre ich nach Hause gegangen, wenn es nicht zu spät gewesen wäre. Alles verrammelt. Aber ich habe nicht geschrien.

Das Gesicht des Nachtwächters war älter geworden. Wenn er gewußt hätte, daß ich da war, wäre er einen Augenblick vor mir erschrocken. Er ist schreckhaft. Ich stellte mir vor, wie er dann sagte: Was, du? Hier? Was machst du denn so? Man hört ja nie was von dir. – Ja, hörte ich mich schon sagen, ich komme zu gar nichts mehr. Du weißt ja, wie das ist. – Ich habe keine Ahnung, warum ich so etwas sagen wollte. Es war Unsinn. Er wußte nicht, wie das ist. Er konnte es gar nicht wissen. Zum Glück hat er mich nicht entdeckt.

Als am Morgen die Kundschaft sich über die Stockwerke ausbreitete, zielstrebig, denn die ersten wissen immer, was sie wollen, war ich längst bei den Galanteriewaren. Nicht daß ich etwas kaufen wollte. Ich sehe sie mir nur gern an. Da fühlte ich den Arm des Nachtwächters um meine Schultern. Ich wußte sofort, daß er es war. Ich fuhr herum. Er hielt mir seine warme Hand und sein müde gewordenes Gesicht hin.

Du! sagte er. Was machst du denn so?

Dies und das, sagte ich. Alles mögliche. Ich versuchte, die Fehler der vergangenen Nacht zu vermeiden. So standen wir Seite an Seite. Er hielt ein spitzenbesetztes Stück Unterwäsche in die Höhe und lachte darüber. Eins von denen, wo man nicht weiß, wie sie im Notfall aufgemacht werden.

Ich treibe jetzt Sport, sagte er, indem er den Artikel hin- und herdrehte. Bei uns haben sie eine neue Sportanlage gebaut, weil sie festgestellt haben, daß die Gesundheitsschäden zunehmen vom vielen Sitzen.

Das habe ich auch schon gehört, daß sie Sportanlagen bauen. Aber ich sehe den Zusammenhang nicht. Das Sitzen wird davon nicht weniger, soweit ich weiß.

Mit zwei spitzen Fingern ließ er den roten Fummel zu den übrigen zurückfallen. Sie haben ziemlich viele davon liegen, weil sie glauben, daß die gebraucht werden. Dann erst kam mir in den Sinn, daß der Nachtwächter bestimmt keiner von denen ist, die zu viel sitzen. Die ganze Nacht wandert er in der rauschenden Dämmerung des Warenhauses umher und steigt über die stehengebliebenen Rolltreppen.

Warum machst du das mit dem Sport, sagte ich. Vielleicht solltest du dich lieber mal hinsetzen.

Tut mir gut, sagte er. Ich bin froh, wenn was läuft.

Wenn das so ist, sagte ich, sollte ich wohl auch mit Sport anfangen.

Er wünschte mir Glück und ging.

Mein alter Rechnungsblock lag in diesem Augenblick hinter einer Armee von Püppchen, die erschrocken in die Luft starrten, und schmorte vor sich hin. Er brennt schlechter, als man meint. Wenn sie es schon bemerkt hätten, würde jetzt ein Alarm durchs Haus gehen und alle, die eben am Hereinströmen waren, würden entsetzt ins Freie rennen. Noch hatten die Puppen nicht Feuer gefangen. Ich ging hinaus. Ich war die einzige. Alle andern gingen hinein.

Und du?

Und du? sagte Charles, mein Mann seit Jahren, als er nach einem langen arbeitsreichen Tag nach Hause kam. Früher hieß er Karl. Jetzt findet er Charles schöner. Er sagte: Was hast du heute erlebt?
Er nimmt jeden Morgen seinen Schlüssel mit. Er tut das, damit ich meine Freiheit habe. Abends dagegen klingelt er an der Tür, weil er gern begrüßt wird. Mir wäre das auch lieber. Ich saß am Fenster, als er klingelte, und konnte vor lauter Nachdenken das Läuten nicht hören.
Hast du was in den Ohren? sagte Charles.
Warum?
Man kann sich ja zu Tode klingeln bei dir, sagte er.
Gut, daß er für die Notfälle einen Schlüssel hat. Man weiß nie, was geschieht. Und ich kann kommen und gehen, wann ich will. Es ist so, daß wir keine Kinder haben. Ich denke jetzt oft, daß das ein Fehler war. Aber Charles will nichts davon wissen. Je länger, umso weniger. Früher, als er noch Karl hieß, hatte er die Überzeugung, daß es dafür zu früh war. Er wußte genau, wie der richtige Augenblick aussah. Eine bestimmte Zahl von Bedingungen mußte erfüllt sein. Zuerst ist es mir gar nicht aufgefallen, daß dieser Augenblick nicht kam. Er blieb einfach in der Zukunft, und das tat er so lange, bis er eines Tages plötzlich in der Vergangenheit lag. Da liegt er noch, wenn man Charles fragt.
Aber nicht darüber denke ich nach, wenn ich auf dem Sessel am Fenster sitze und über unsern sonnigen Hinterhof sehe. Wir sind umgeben von Fenstern. Ich weiß, wie lange die Frauen ihren Salat schütteln. Die einen kippen

ihn aus dem Durchschlag in die Schüssel, die andern machen das mit der Hand. Manchmal ist die Sauce schon drin, manchmal wird sie drübergegossen. Und es gibt Wohnungen, wo sich jeder bei Tisch das draufgießt, was ihm schmeckt. Ich weiß natürlich auch, wann in den verschiedenen Küchen das Kochen anfängt. Daran ändert sich nicht viel. Manche kochen gar nicht. Einzeln geht an den unsichtbaren Kühlschrank, wer nach Hause kommt.
Eines Tages, denke ich, wird etwas Schreckliches geschehen. Wenn ich die Menschen so wortlos hantieren sehe und sehe, wie sie zwischendurch einen unbewegten Blick aus dem Fenster werfen, auf die Sonne oder den Spatz auf der Fensterbank, dann erschrecke ich. Haben sie keine Wünsche oder kennen sie sie nicht?
Was hast du gesagt? sagte Charles.
Nichts.
Das kann nicht gutgehn, denke ich. Sie huschen hinter ihren Fenstern herum. Sie machen sich an ihren Sachen zu schaffen, und das ist alles, was ich sehe. Wenn sie aus dem Fenster schauen, hat es nichts zu bedeuten. Das kann aber nicht sein. Manchmal meine ich eine von ihnen im Supermarkt zu sehen. Ich weiß ja, daß sie einkaufen. Jeder tut das. Sie müssen das Haus verlassen, auch wenn ich nicht sehe, wann sie es tun. Nur kann ich draußen diese Gesichter nicht erkennen, die mir über den Hof hinweg so vertraut sind. Sie wandern im Kunstlicht durch die Gänge, nehmen die trockenen Radieschen in die Hand und legen sie wieder zurück. Dann nehmen sie etwas anderes. Oder nicht. Im Sommer die Radios. Im Winter Stille. Nur die Mittagsnachrichten, wenn die Küche gelüftet werden muß.
Charles ist nicht wie andere Männer. Er unterhält sich

gern, wenn wir beim Essen sitzen. Er liest die Zeitung nachher.
Du mußt doch was erlebt haben, sagte er zu mir. Das gibt es doch gar nicht, daß man den ganzen Tag nichts erlebt.
Hab ich auch, sagte ich, damit er nicht länger aus meinem Schweigen die falschen Schlüsse zog. Ich konnte es immer noch nicht begreifen. Je länger ich darüber nachdachte, umso unverständlicher wurde es mir.
Ich war an diesem Tag, da ja jeden Tag etwas fehlt, zum Einkaufen gegangen. Zuerst bin ich noch einmal umgekehrt, weil der Einkaufswagen quietscht und ich dieses Quietschen, das ich schon seit langer Zeit gar nicht mehr gehört hatte, plötzlich nicht ertragen konnte. Zwei Tropfen Öl. Auf der Straße haben die Kinder von weitem die Köpfe nach mir umgedreht. Damit ist es jetzt vorbei. Auch damit, daß ich nur einkaufen gehe, wenn sie in der Schule sind. Zwei Tropfen Öl, habe ich jeweils gedacht. Jetzt hat das Quietschen ein Ende. Jetzt gehe ich einkaufen, wann es mir paßt, sagte ich.
Charles lächelte bei diesen Worten. Es freut ihn, wenn ich die Dinge tue, wann es mir paßt. An Zeit fehlt es mir nicht.
Ich dachte an die Frau mit dem rosa Unterrock. Er hatte viel zu lange Träger. Es sah nicht gut aus. Ich ging an einem rostigen Zaun entlang und blieb bei der Telephonzelle stehen. Sie beugte sich über die Brüstung ihres Balkons und sah lange hinunter, als gäbe es unten was zu sehen. Vielleicht hat sie einem kleinen Haarknäuel nachgeblickt, das sie eben aus ihrem Kamm gezupft, sorgfältig aufgewickelt und dann in die Freiheit entlassen hatte. Der Wind trieb es die Straße herauf.

Hör zu, sagte ich zu Charles, ich will dir was erzählen. Vielleicht begreife ich es dann besser.
Er lehnte sich zurück. Er hörte zu.
Was ist es? sagte Charles. Du zitterst ja.
Ich habe alles genau gesehen, sagte ich. Die Frau hat ein Stück Stoff ausgeschüttelt über dem Balkongitter. Ihr Bauch war eingedrückt über der rostigen Brüstung.
Wieso? sagte Charles. Haben sie keine Blumenkästen?
Doch, haben sie auch. Sogar mit Blumen.
Na also, sagte Charles.
Ich nickte.
Warum nicht gleich so, sagte er, indem er seine Arme ineinanderschlang.
Ja, sagte ich und betonte das Wort mehr als sonst, um ihn zu ermutigen. Es schien ihn allerdings eher zu verwirren. Ermutigt sah er nicht aus.
Gut, meinte er und drehte sein Gesicht in eine andere Richtung.
Und wie findest du das? fragte ich daraufhin. Ich brauchte wirklich eine Antwort auf diese Frage. Andererseits, wie sollte er das finden. Er wußte es nicht.
Die Frau hat sich über ein Balkongitter gebeugt und ein Stück Stoff ausgeschüttelt, sagte ich.
Wie soll ich das denn finden, meinte Charles ratlos. Was für ein Stoff war es?
Gelber.
Aha.
Ja.
Es wird Staub drin gewesen sein, wenn du mich fragst, sprach Charles, der sich über die Notwendigkeit des Staubwischens nicht im unklaren ist.
Ja, sagte ich.

Willst du wissen, was ich glaube?
Genau das wollte ich von ihm wissen.
Du bist bloß neidisch.
Neidisch? Daß ich nicht lache. Ich habe selber gelben Stoff.
Dann eben auf was anderes.
Auf die Blumenkästen vielleicht?
Vielleicht. Das konnte Charles sich vorstellen. Andere haben schönere Blumenkästen als wir.
Oder auf das Balkongitter? Rostig, aber eindrucksvoll? Ein Zeuge vergangenen Reichtums?
Oder auf den Staub, fügte Charles nachdenklich hinzu.
Es ist wahr, dachte ich an diesem Punkt der Unterhaltung. Wir haben nicht viel Staub. Ich kann mir aber nicht vorstellen, daß das der Punkt ist, der mir Sorgen macht.
Es war im vierten Stock, sagte ich. Einen Charmeuse-Unterrock hat sie angehabt.
Wie du meinst.
Davon versteh ich was. Spitzeneinsatz vorne und hinten.
Natürlich, sagte Charles, der gute Zuhörer. Farbe?
Natürlich.
Was willst du damit sagen?
Gut, korrigierte ich mich. Lachs.
Sie kann nicht mehr ganz jung gewesen sein, stimmt's? folgerte mein Mann.
Stimmt, sagte ich, obwohl ich von einem Augenblick auf den andern nicht mehr wußte, was jung ist.
Haarfarbe? sagte er, als hätte er wirklich ein Interesse an meiner Geschichte.
Blond. Oder nicht mehr. Das ging schon besser. Antworten ist ja auch eine Sache der Gewohnheit.
Augen?

Grau.
Größe?
Einsvierundsechzig. Oder schon weniger.
Besondere Merkmale?
Ich erschrak. Ich überlegte. Ich sagte: Ihr Gesicht.
Ich wußte gut, daß das die falsche Antwort war. Die richtige kannte ich nicht.
Er kam mir zu Hilfe. Oval?
Gern, wenn man das so sagt.
Erleichtert nahm er seine Arme wieder auseinander. Er sagte: Warum nicht gleich so. Jetzt sehen wir schon klarer.
Damit mochte er recht haben. Aber als sie aufgehört hatte mit Schütteln, hat sie einen langen Blick in ihren Ausschnitt geworfen. Es sah aus, als wäre ihr Staub reingefallen.
Das kann passieren, sagte Charles. Er besitzt Einfühlungsvermögen auch in Vorgänge, die er nicht aus eigener Erfahrung kennt.
Genau, sagte ich. Weißt du, was ich glaube? Es sollte nur so aussehen.
Charles stellte für einen Augenblick das Radio an, weil es für den Fernseher noch zu früh war. Die Musik im Radio gefiel ihm allerdings nicht. So stellte er sie wieder ab. Dem Radio ist das gleich.
Ich fuhr fort. Sie ist noch ein paarmal wiedergekommen, heraus auf den Balkon mit ihrem gelben Stoff. Ohne Eile. Und geschüttelt hat sie auch so, als ob es gleich wäre, wie lange es dauert. Sie hat sich sogar ein paarmal umgesehen, während sie das tat.
Was soll das heißen, sagte Charles.
Ich wußte es nicht. Einen Blick in die Runde? vermutete

ich. Einmal ist sie mit einem weißen Stoff gekommen, der zwei blaue Streifen hatte. Den hat sie an einem Haken an der Balkontür aufgehängt. Mit einer Wäscheklammer.
Ja?
Aus Holz, wahrscheinlich. Es war immerhin im vierten Stock. Vielleicht aus Plastik mit Holzmaserung.
Ja.
Charles suchte einen von den Zahnstochern, die ich am Vormittag gekauft hatte. Sie waren in der Küche. Hin und wieder meint er, es müßte mir gut tun, wenn ich mehr Anteil nehmen würde an seiner Arbeit. Das bringt dich auf andere Gedanken, sagt er dann. Ich habe es versucht. Aber mein Vorstellungsvermögen hat einen Fehler. Vergnügt beginnt es, ihn im Geiste an seinen Arbeitsplatz zu begleiten, und auf halbem Wege kehrt es wieder um, betrübt, denn auf diese Weise werde ich nie erfahren, was ihm dort begegnet. Nichts wie Ärger, sagt Charles am Abend, wenn ich ihn danach frage. Das kann ich nicht glauben. Was ich glaube, ist, daß er am Abend nichts mehr damit zu tun haben will.
Und dann, fuhr ich fort, hatte sie auf einmal so einen kleinen schwarzen Pullover mit winzigen Ärmeln an. Kaum daß er den Unterrock bedeckte. Und ein Fegeblech in der Hand. Das hat sie mit ihrem Handfeger ausgebürstet über den Blumenkästen. Ich war mir plötzlich im unklaren darüber, ob sie mich nicht doch gesehen hatte.
Charles nickte. Ich war selber überrascht, daß ihn die Geschichte noch interessierte. Es ist eine furchtbare Geschichte. Mir wird übel, wenn ich daran denke. Und wenn ich denke, was noch alles dazugehört.
Dabei hatte das Fegeblech schon vorher leer ausgesehen, sagte ich. Und sie kam heraus, um es auszubürsten.

Du bist kleinlich, sagte er. Könntest du nicht ein bißchen großherziger an die Dinge herangehen?
Vielleicht war das nicht der wahre Grund, warum sie auf den Balkon kam, dachte ich. Ich sagte: Man möchte doch wissen, was aus dem vierten Stock herunterkommt, wenn man ahnungslos unten vorbeigeht.
Vielleicht Brotkrumen für die Vögel, sagte Charles, immer um wohltätige Einfälle bemüht. Was weiß ich.
Es gab keine Vögel, Charles.
Wie willst du das wissen.
Ich habe keine gesehen. Nur Häuser.
Das will nichts heißen, sagte er geduldig. Vögel kommen und gehen. Sie sind frei.
Das ist ein wahrer Satz, obgleich man nie weiß, ob die Vögel diese Freiheit, die wir ihnen gewähren, auch wollen. Plötzlich konnte ich nicht mehr weiterreden. Mir war, als müßte ich sofort losrennen und an ihrer Tür klingeln.
Sie hatte auch ein weißes Tuch mit roten Streifen zum Ausschütteln, sagte ich, sobald ich wieder sprechen konnte. Aber nur einmal.
Warum erzählst du mir das, sagte Charles in diesem Augenblick.
Weil ich es selber gesehen habe. Mit eigenen Augen. Ich muß die ganze Zeit daran denken.
Du bist also doch neidisch, sagte er lächelnd.
Ich lächelte zurück.
Er sagte: Du kannst dir auch eins kaufen. Wenn du willst.
Wenn ich will, sagte ich.
Ich hatte die ganze Zeit auf der anderen Straßenseite gestanden, von außen an die Telephonzelle gelehnt, und gewartet. Die Frau, die drinnen dabei war, einen Termin

zu verabreden mit einem Personalbüro, das ihr Vorgesetzter werden sollte, war inzwischen gegangen. Mir war es gleich, weil ich nicht telephonieren wollte. Mein Einkaufswagen mit seinen frisch geölten Rädchen lehnte neben mir. Ich sah auf die Uhr.
Ich sagte: Dann trug die Frau auf einmal den Pullover heraus, den sie eben noch angehabt hatte, ganz vorsichtig mit beiden Händen, als ob etwas drin wäre. Den hat sie auch ausgeschüttelt. Und nachher waren die Träger von ihrem Unterrock nach unten gerutscht und hingen auf den Unterarmen, so daß sie ganz verwüstet aussah.
Das kann ich mir denken, sagte Charles. Die Vorstellung machte ihm Freude. Ich war überzeugt, daß er log. Er hat sich das ganz bestimmt nicht denken können.
Wie kommt es nur, sagte ich, daß die Frau überhaupt nicht erschrocken war. Es schien ihr ganz recht zu sein, so auf ihrem Balkon zu stehen. Ihre Gedanken waren anderswo. Sie hat einen Blick in den Himmel geworfen, genau an die Stelle, wo die Sonne hinter den Wolken war.
Und dann?
Dann ist sie ins Haus gegangen und nicht mehr gekommen. Keinmal.
Ist das alles?
Ja.
Was? sagte Charles.
Ich habe neben der Telephonzelle gewartet, und zwar lange. Nichts mehr.
Ich sagte: Was hast du erwartet?
Daß noch was passiert, sagte Charles. In deiner Geschichte.
Und was soll passieren?
Irgendwas, sagte er. Irgendwas muß doch passieren.

Ja, sagte ich. Ich muß auch immer daran denken.
Hör zu, sagte er, wenn du das so erzählst, dann muß doch noch was kommen. Jeder vernünftige Mensch erwartet das. Sagen wir eine Feuersbrunst. Oder der bekannte Selbstmord. Sirenen, Blaulicht, Hubschrauber. Sprungtücher.
Ich nickte. Noch nie hatte ich ein Sprungtuch gesehen. Nur im Fernsehen. Dort allerdings sieht man sie die ganze Zeit.
Das mindeste wäre doch, sagte Charles, den die Geschichte jetzt zu interessieren begann, daß sie mit ausgebreiteten Armen von ihren Blumenkästen in die Tiefe springt.
Ja, das ging mir auch immerzu im Kopf herum.
Nein, sagte ich.

Über den Wunsch, sich wohlzufühlen

Schon lange, bevor wir überhaupt angekommen waren, sahen wir hingelagert und aufgebaut all die Dinge, die zu einem Ufer gehören. Es waren mehr als genug. Nicht nur vom Grundwasser durchfeuchtete Landschaftsteile, sondern darüber hinaus auch noch felsige Elemente von beträchtlicher Höhe, so daß alles miteinander sich schon von weitem gegen den Horizont gut abgehoben hat. Dahinter habe ich mir ohne weiteres einen weiten silbernen See vorgestellt. Das ist ja schon fast des Guten zu viel, habe ich bei mir gedacht, das weiß ich noch. Außerdem war es Sommer, und viele Kleider hat man nicht gebraucht.
Der Mann vor mir bleibt für einen Augenblick stehen, breitet die Arme aus und streckt sich. Er hat den Wunsch, sich wohlzufühlen, das kann man sehen. Und er tut so, als würde es ihm grade jetzt gelingen. Oder ich stelle mir vor, daß er nur so tut, und in Wahrheit gelingt es ihm. Ach, die Wahrheit, denke ich, es gibt so viele.
Dann schritt er wieder aus, absichtsvoll und umgeben von einer großartigen Natur, die ständig im Begriff war, sich anzunähern. Sein Gesicht war bei alledem verzerrt, als könnte er die Situation anders gar nicht überstehen.
Ja, sagte ich, es ist schwer, den Lauf der Zeit nicht als persönlichen Verlust aufzufassen, sondern als das, was er ist.
Und schon male ich mir den Weiher aus, den jedermann hinter einer solchen Kulisse vermuten würde. Sogar die Luft über dem Bild bestärkt mich in meinen Erwartungen. Dann male ich mir aus, wie dieser Mann, der da in seiner wetterfesten Aufmachung vor mir hergeht, als wollte er

mir den Weg zeigen, hinausblickt auf den dampfenden Teich und mit seinen Gedanken anderswo ist. Ich weiß auch wo. Dazu gehört nicht viel, denn grade eben noch hat er einen Rekord gebrochen. Es war zwar nicht vorgesehen, daß ich bei diesen Veranstaltungen zusehe, aber ich habe trotzdem eine Vorstellung von dem, was da los war. Seine Spezialität ist der Hürdenlauf. Das ist eine ernste Veranstaltung.

Die Wahrheit ist, daß er mir einen Film erzählt hat, damit ich glauben sollte, er wäre im Kino gewesen. Der Film spielt in den Bergen, sagt er. Die ganze Zeit nichts als Berge, mit allem, was dazugehört, und dann zwei Männer, deren Existenz davon abhängt, wie sie mit dieser Situation fertigwerden.

Das muß schwierig sein, sage ich in einem Schub von Nachdenklichkeit und der Bereitschaft, nicht nur zuzuhören, sondern mir auch alles mögliche vorzustellen.

Es ist eine Wissenschaft, habe ich noch hinzugefügt, weil es das vorläufige Ergebnis meiner Überlegungen war.

Eine existentielle Situation, sagte er dann, als ob man mir das mitteilen müßte. Falls es ein Hilferuf war, dann war seine Unfähigkeit, sich auszudrücken, niederschmetternd.

Du mußt dir das so vorstellen, sagte er und meinte es auch, zwei ganz verschiedene Männer, in dieser Situation, um und um umgeben von den diversen Möglichkeiten des Scheiterns, an Naturkatastrophen beispielsweise wie Bergstürzen und dergleichen, an der Tücke der Objekte, die sie zum Vorwärtskommen brauchen, an der Witterung. Man muß sich die Witterung vorstellen in all ihrer Unberechenbarkeit.

Ja, sage ich, das muß man.

Oder man scheitert am Nahrungsmangel, an den eigenen Kräften, und was das Gefährlichste ist, an der eigenen Seele.
Heißt das, der gute Wille könnte einen verlassen?
Nein, sagte er, der Mut. Die Fähigkeit der Seele.
Wir waren zu diesem Zeitpunkt angekommen, und zwar an einem Ort, der dicht mit Weiden und Taubnesseln bewachsen oder bepflanzt war. So dicht, daß man das Wasser, das man unweigerlich hinter einem solchen Anblick vermutet, nicht sehen konnte. Nur weiter oben den leeren Himmel, den konnte man sehen.
Er schien das alles zu registrieren und fuhr fort.
Man sieht vom ersten Augenblick an nichts als diesen Berg. Und die ganze Existenz hängt davon ab, ob die Prüfung bestanden wird. Natürlich wird sie nicht bestanden. Es scheitert jeder auf seine Weise.
Kein Wunder, denke ich bei mir, denn genügend Möglichkeiten zu scheitern gibt es ja. Laut sage ich: Wenn ich ehrlich sein soll, ich kann mir einen Film ohne Sand eigentlich gar nicht vorstellen.
Meinen blauen Schlafsack habe ich erwartungsvoll ins Gras geworfen, und da liegt er nun. Er ist schön mit seinen Streifen.
Es ist auch alles voll von Geräuschen, wie man sie hier und jetzt erwarten darf.
Mir gefällt das alles sehr, sagte ich, vollkommen überzeugt von der Richtigkeit des Gedankens.
Hinter uns Weizenfelder, wo im Sommer die Leute untergetaucht sind, jedenfalls in der Erinnerung. Auch jetzt, wo sie schon abgeweidet sind von den Mähdreschern, kann man noch ungefähr erkennen, worum es sich einmal gehandelt hat, denn schließlich ist der Mensch ja nicht

abhängig vom vollzähligen Vorhandensein aller denkbaren Merkmale, wenn er etwas wiedererkennen will, und der Himmel ist sogar noch ganz genau so, wie er sein sollte.

Es gefiel mir wirklich.

Ach Gott, sagte er anstelle einer Antwort, ohne weiter auszuführen, was er meinte. Er brauchte jetzt offenbar alle seine Gedanken selber, um eine Verbindung herzustellen zwischen drei oder vier Gefühlen, die nicht zueinander paßten, das konnte man sehen.

Es dauerte gar nicht lange, da hatte er auch schon den höchsten Punkt der Uferbefestigung bestiegen und stand dort oben, mit beiden Füßen auf dem Boden der Tatsachen. So hat es ausgesehen, und das sollte es auch. Daß er so breitbeinig dagestanden ist, muß daran gelegen haben, daß die Standorte, die er für seine Füße gefunden hatte, weit auseinanderlagen. Das ganze ist ein Blickwinkel mit einer langen Tradition und wird nicht ohne Grund ständig wiederentdeckt für die optischen Sparten der Kunstgeschichte, wo man sie jetzt ad libitum reproduzieren kann, als müßte man die Menschen doch noch an diesen Anblick gewöhnen. Doch nein, denke ich, wenn ich es mir recht überlege, so haben sie sich bereits so sehr daran gewöhnt, daß sie sich verraten und verkauft vorkommen, wenn man ihnen etwas derartiges für eine Weile vorenthält.

Dabei war es die ganze Zeit so leise, daß es einfach auffallen mußte. Er stand also auf den zwei mannshohen Granitbrocken, die an dieser Stelle die Uferbefestigung bildeten. Es ist kein Wunder, daß er sich die ausgesucht hat, nachdem wir sie ja schon von weitem gesehen hatten. Nichts hatte er an außer seiner Arbeitshose mit ihren ausgeprägten Taschen in allen Himmelsrichtungen und

Trägern mit Schnallen und Karabinerhaken und was sonst noch alles dazugehört. So sprang er in den bemoosten Teich. Ich könnte nicht sagen warum.
Entweder ich weiß es nicht, oder ich habe es wieder vergessen.
Bergsteigen ist nicht meine Sache, und so brauchte ich eine geraume Weile, bis ich an der Stelle angekommen war, wo er vorher gestanden hatte, und sah, daß die graugrüne Wasseroberfläche viel weiter unten war, als man bei einem Gewässer mit so idyllischen Ufern annehmen würde, ob es nun ein Baggersee war oder nicht. Er muß das auch gesehen haben, als er hier oben stand, aber er hat es sich nicht anmerken lassen.
Und wer weiß, wie tief das Wasser hier ist, dachte ich. Das Wasser war nicht durchsichtig.
Da er nun aber bis jetzt nicht an der Oberfläche aufgetaucht war, mußte man wohl annehmen, daß er es auch in der nächsten Zeit nicht tun würde. So lange kann kein Mensch unter Wasser bleiben, der die Absicht hat, noch einmal wieder aufzutauchen.
Es hat keinen Sinn zu warten, sagte ich laut, denn ich war sicher, daß mich niemand hören konnte.
Ich kann also umkehren und kehre auch um und mache mich an den Abstieg, nicht ohne noch einmal zwischen den Granitbrocken hindurch einen Blick zu werfen auf den zähen graugrünen Anstrich, den ich für eine strenggenommen mißratene Imitation einer Kläranlage halte.
Könnte es nicht sein, daß er untergetaucht ist und sich auf der anderen Seite davongemacht und ein neues Leben angefangen hat? Es ist ganz gut denkbar. Und es ist auch denkbar, daß es auf der andern Seite kleine Buchten und Schlupflöcher gibt, die man von hier aus nicht erkennt,

wenn man nicht gerade mit einem Feldstecher um den Hals herumläuft, und das kann man mir nun wirklich nicht zumuten. Dabei wünschte ich, ich hätte diese spezielle Art von Vorsorge doch getroffen, denn dann wüßte ich jetzt mehr und müßte mir nicht überlegen, ob ich jetzt sofort ein Telefonhäuschen suchen und eine von diesen lebensrettenden Zentralen anrufen soll, die man den Verzeichnissen entnehmen kann.

Um mir über die inadäquate Tatsache hinwegzuhelfen, daß ich nach dreizehn Schuljahren und unzähligen Lebenserfahrungen immer noch nicht imstande bin, ohne besondere Umstände einen schlichten Granitbrocken runterzuklettern, lasse ich mir den Anblick noch einmal durch den Kopf gehen. Ich merke dann das Brombeergestrüpp nicht so, das sich hier ans Gestein gelehnt hat.

Also, sage ich jetzt ohne meinen Feldstecher, und zwar laut, denn wer sollte mich schon hören. Was soll das hier eigentlich sein?

Ein Weiher oder ein Tümpel?

Für ein Wasserloch ist es viel zu groß.

Und mit einem fürchterlichen Lachen hat er an dieser Kante gestanden, das habe ich noch nicht erwähnt. Ich habe nicht einmal gewußt, daß es eine Kante war. Es hat ganz anders ausgesehen, diese Granitkulisse, und da, wo sie zuende war, der Anblick von weichem Schilf, wenn man das sagen darf, da Schilf nun einmal so aussieht. Dann noch Schilfblüten und Binsen und Binsenblüten und immer so weiter. Ehrlich, ich habe mich mit dem Gedanken zufriedengegeben, daß wir uns in einer ausgeklügelten Landschaft befinden, von ausnehmendem Lieblichkeitsgrad, was ein Grund mehr war, sie aus-

wendig zu lernen und dann im Kopf zu behalten, auswendig.
Bei so viel Konsequenz kann man sich schon einmal täuschen, sage ich mir jetzt. Und mit der Lebensfreude war es auch so eine Sache. Denn wie er da stand, ganz oben, und wie gesagt gelacht hat, woher hätte ich das Recht nehmen sollen, das nicht für den Ausdruck eines zugehörigen Gefühls zu nehmen, breitbeinig, wie er war?
Und doch muß es einen Grund haben, wenn ich sein Lachen fürchterlich nenne, ohne zu zögern. Auf dem Weg hierher hat er sich geäußert wie ein Mensch, der von jemandem an die Luft gesetzt worden ist. Kann das der Grund sein? Hell und hohl und unzugänglich hört es sich an. Ich kenne es, einschließlich all seiner Obertonfrequenzen, aus andern Situationen, wo er es eingesetzt hat zu einer Begrüßung, Beschwichtigung oder Befreiung, ohne sich je ganz für eine dieser Spielarten zu entscheiden. Warum nicht? Die eingegerbten Furchen in seinen Hosenträgern rührten bestimmt nicht nur vom freudigen Arbeitseinsatz her, obwohl er ein Mensch mit angemessenen Zukunftsaussichten war und sein tägliches Maß an Arbeitswillen ohne ein Zeichen des Widerstrebens nicht nur absolviert, sondern überschritten hat. Das zeigte sich außer im Zustand seiner Hosenträger auch in dem seiner Kopfbedeckung, unter der sich weiß der Himmel was für Haare verbergen mochten, während sein Bartwuchs durchaus in Ordnung schien.
Fühlt er sich jetzt wohl? Oder nicht?
Und das hier, sagte ich. Was ist das? Es war eine dicke graugrüne Plastikhaut mit welligen Partien von mehreren Quadratkilometern Ausdehnung. Darin der Stiel einer

Schaufel, oder wenn nicht, dann irgendeines andern Grabinstruments, der in einem Winkel von höchstens vierzig Grad herausragte, während der untere Teil verborgen blieb und infolgedessen ebensogut etwas ganz anderes hätte sein können. Aber was? Dann die oberen zehn Zentimeter eines Autos, das kein Verdeck mehr hatte, jedoch einen durchaus stabilen Rahmen und eine unversehrte Windschutzscheibe. Oben in den Verstrebungen hatte sich ein Kinderfahrrad mit einem ganz grünen Sattel verfangen. Konservenbüchsen in allen Stadien der Preisgegebenheit schaukelten auf dem Teich, und ganz weit hinten, nicht weit von der Stelle, wo das andere Ufer begann, das obere Drittel einer Stacheldrahtrolle, die aus dieser Entfernung mehr an Gegenstände aus dem Nähkasten erinnerte als an etwas anderes.
Dort muß er vorbeigekommen sein, wenn es ihm gelungen ist, sich aus dem Staub zu machen, sagte ich. Jetzt, wo niemand mehr etwas davon hat, jetzt fange ich an zu reden.
Ich hatte mir in dieser kurzen Zeit angewöhnt, ganz laut zu sprechen, aber nicht so laut, daß ich meine Stimme nicht mehr erkannt hätte. Mit dem Flüstern konnte ich immer noch anfangen, wenn ich erst einmal wieder unter die Leute kam.
Zu diesem Zeitpunkt war ich mir auch schon ganz sicher, daß es sich nur um ein Gewehr handeln konnte und auf keinen Fall um eine Schaufel. Wenn es dazu noch eines Beweises bedurfte, dann war es der, daß man zu seiner Tarnung so außerordentliche Anstrengungen unternommen und die eine Hälfte durch einen Schaufelstiel ersetzt hatte. Es konnte ja auch kein Zufall sein, daß gerade dieses Ende aus dem Wasser herausragte.

Im allerersten Augenblick hatte ich nach meinem Herzen gefaßt, weil es sich von innen so anfühlte, als wäre es stehengeblieben. Von außen war das nicht der Fall oder nur kurz der Fall gewesen; es war wohl sofort wieder in Gang gekommen beim Gedanken daran, daß dieser Mensch schon immer ziemlich scharf in die Kurven gegangen ist. Das muß wohl seine Art sein, habe ich mir dann jeweils gesagt, zum Trost. Also mein Herz ging schon wieder, und zwar sehr schnell, und das war gut so, denn nur auf diese Art konnte ich die Energien mobilisieren, die ich in der unmittelbar bevorstehenden Zukunft brauchen würde.
All die Dienststellen, die man zur Hilfeleistung hätte auf den Plan rufen können, waren so weit weg. Da konnte ich ebensogut erst noch ein paarmal Luft holen, um Kräfte zu sammeln. Und dann mußte ich mir ja auch den Ort der Handlung so einprägen, daß es bei einem Lokaltermin nicht zu Widersprüchen kommen konnte.
Sobald ich wieder unten bin, habe ich die Brombeeren über mir und sehe den eigentlichen Schauplatz nur durch einen Spalt zwischen den Felsen. Ein gewaltiges Wasserloch. Die Brombeeren sind nicht reif. Das dauert noch lange.
Daß es hier in der Nähe ein Telefonhäuschen gibt, habe ich gar nicht erwartet. Ich mache mich also auf den Weg, und das sind in diesem Fall Feldwege, die auf den ersten Blick so aussehen, als wären sie einmal ausgetreten gewesen. Und jetzt, nachdem all diese Zeit vergangen ist und ihre Spuren hinterlassen hat, wie es sich gehört, zeigen sie den typischen Bewuchs von wieder zugewachsenen Feldwegen. Ich stelle mir vor, daß der unregelmäßige Wechsel von nassem und trockenem Wetter das seinige dazu beige-

tragen hat. An den Wegrändern begegnen mir auch immer wieder Weiden, oft sogar in Gruppen, die von weitem eine ganz unreflektierte Menschenähnlichkeit zur Schau tragen, von nahem dann aber nicht mehr diese, sondern nur noch ihren eigenen Werdegang, wenn es hoch kommt. Nicht alle sehen sie so mitgenommen aus wie diejenigen unter ihnen, in die gelegentlich der Blitz eingeschlagen hat. Das sieht dann allerdings verheerend aus. Andererseits möchte ich nicht ausschließen, daß ich mich im Laufe dieser Wanderung daran gewöhnt habe. Außerdem befinde ich mich jetzt längst auf dem Kopfsteinpflaster, an dem man die Landstraßen der nächsten Ordnung erkennt, auch wenn sie heutzutage keine Chausseebäume mehr haben.
Zu Anfang habe ich mich noch darüber geärgert, daß mein Schlafsack, den ich mir mit einem herausgezogenen Schnürband um den Bauch gebunden hatte, um die Hände frei zu haben, so schwer war. Später habe ich mich gefreut, daß ich der Versuchung widerstanden habe, ihn einfach wegzuwerfen. Hätte ich das nicht sollen? Der Versuchung widerstehen und mich darüber freuen? Auf den Autobahnen gibt es frisch gestrichene Pfosten mit Lichtreflektoren und dreieckigen Hinweisen darauf, in welche Richtung man gehen muß. Hier gibt es das nicht. Ich gehe auf gut Glück weiter, nachdem ich mich einmal für eine Himmelsrichtung entschieden habe, und wechsle sie nicht mehr. Das ist vernünftig. Bis jetzt hat sich kein Telefonhäuschen gezeigt, aber das wird schon noch kommen.
Wo er jetzt wohl ist?
Ich lasse mich nicht abschrecken, auch nicht von solchen Fragen und andern, die damit zusammenhängen mögen, setze also meinen Weg fort durch diesen Landstrich,

besonders jetzt, wo sich am Horizont die Anzeichen mehren, daß man sich besiedeltem Gelände nähert. Die Erfahrung lehrt, daß es dort Zentralen gibt, wo man Notfälle anmelden kann, vorausgesetzt, man hat nicht vorher doch noch ein Telefonhäuschen oder etwas ähnliches zu finden gewußt.

Ich komme die ganze Zeit von dem Gefühl nicht los, daß ich dabei bin, etwas Bösartiges zu tun, wenn ich hier immerzu suchend Umschau halte und ganz im Ernst an beliebige lebensrettende Instanzen appellieren würde, wenn ich die Gelegenheit dazu hätte, und diese Gelegenheit jetzt explizit suche, während ich noch nicht einmal weiß, ob es sich tatsächlich um einen Notfall handelt oder zuvor einmal gehandelt hat. Vielleicht ist es eine Katastrophe, wer kann das wissen?

In meiner Atemlosigkeit bin ich die ganze Zeit darauf gefaßt, daß es weder das eine noch das andere ist, sondern etwas drittes, das damit endet, daß er da drüben seine Arbeitshose zum Trocknen auf einen Ast hängt, aber kein Feuer macht, obwohl er dazu auch mit nassen Streichhölzern imstande ist. Vielleicht endet es auch nicht so, sondern fängt damit an und nimmt danach einen Verlauf, über den ich keine Vermutungen anstellen möchte, um mich nicht vollends lächerlich zu machen. Aber eins weiß ich. Irgendwo muß er sein und sich ins Fäustchen lachen, vorausgesetzt, daß ihm die Sache wirklich so gelungen ist, wie er sie sich vorgestellt hat.

Warum er kein Feuer macht, weiß ich auch.

Nicht umsonst ist er wie ein Frosch in diesen Weiher gesprungen, der an seinen oberen Rändern mit der perfekten Imitation einer Ufervegetation ausgestattet worden war, und zwar lückenlos, denn ich habe wirklich alles abgesucht, da brauche ich mir nichts vorwerfen zu lassen. Wer so springt, der kennt auch die andern Tricks, mit denen der Mensch seine Spuren verwischt, wenn es sein muß.

Ich bin schon ein gutes Stück vorwärts gekommen, und die besiedelten Regionen können nicht mehr weit sein. Über die Landschaft hier ist nicht viel zu sagen, es sieht jetzt nach Ackerbau aus, man würde Gehöfte erwarten und Einfamilienhäuser. Aber jetzt geht es nicht darum, die Landschaft zu beschreiben. Ich muß weiter. Sie werden schon noch kommen, die Siedlungen, und dann muß es wohl auch eine Möglichkeit geben, den längst fälligen Alarm auszulösen.

Über die Natur des lebensrettenden Prinzips mache ich mir jetzt keine Gedanken. Aber eins kann man sagen, ohne zu lügen: Es ist nützlich, das ist es.

Mein Schlafsack ist schon ziemlich durchgescheuert. Man kann sich wohl denken, wie froh ich jeweils bin, ihn zu haben. Ich muß ja auch schlafen wie andere Leute, die ich in meinem Leben schon getroffen habe. Oft mußte ich auch umkehren, um meinen Schuh zu holen. Meistens war er dann an einer aufgeweichten Stelle steckengeblieben, wenn er nicht an einem Gestrüpp hing, weil er kein Schnürband mehr hatte.

Dieser Mensch, der jetzt vielleicht irgendwo jenseits des Horizonts auf einem selbstgemachten Feuer ein selbstgejagtes Wildschwein röstet, um es nachher mit Hilfe seines Armeemessers aufzuessen, falls er das nicht bei seinen Abenteuern verloren hat und nun ohne es auskommen muß, dieser Mensch hat früher, als er das Armeemesser bestimmt noch hatte, gelegentlich gesagt: Das Leben ist zu kurz, um sich an den kleinen Dingen zu freuen. Und wenn

ich dann erst darüber nachdenken mußte, ob ich ihn einfach darin bestätigen sollte, hat er mich ausgelacht. Dieses Phänomen ist mir sehr gut in Erinnerung, mit seiner unverwechselbaren rhythmischen Struktur, Lautstärke und Obertonfrequenzhöhen. Ich würde es überall wiedererkennen.
Nein, sage ich mir manchmal, wenn keine andern Dinge auf der Tagesordnung stehen, ich habe ihm wirklich keinen Tritt gegeben.
Ist es nicht albern oder sogar bösartig, wenn ich jetzt immer noch herumlaufe, als müßte ich irgendeinen Notfalldienst alarmieren? Er hat seine Entscheidung sowieso längst getroffen. Oder es ist anders gewesen, und die Entscheidung ist einfach gefallen, aber auch das in einer vergangenen Zeit.
Wo er jetzt wohl sein mag? Ja, wo ist er jetzt?
Mit seinen verbogenen Schnallen und all den Abschürfungen auf den Hosenträgern? Ich mache mir auch Sorgen, weil seine Schuhe schon durchgelaufen waren. Das weiß ich genau, weil ich es gesehen habe, als er abhob. Falls er wirklich noch die hochfliegenden Pläne hatte, die ich ihm zutraue angesichts all der Geheimnisse, die er gehütet hat, dann mache ich mir Sorgen wegen dieser ausgefransten Löcher in seinen Sohlen. Ich dachte immer, daß der Mensch sich von solchen Dingen behindert fühlt auf seinem langen Marsch. Vielleicht muß ich umdenken, was das betrifft, irgendwann einmal.
Und mein Schlafsack, den ich mir beim Gehen um die Schultern hänge, um weniger zu frieren, ließ mit der Zeit immer mehr Kälte durch. Ich will ehrlich zugeben, daß er so abgewetzt aussieht, als wäre er viel gebraucht worden. Ob das daher kommt, daß ich mich nachts mit ihm an

windgeschützten Stellen zum Schlafen hinlege, weil ich nicht ununterbrochen auf den Beinen sein kann? Der Witterung nach muß es schon Winter sein, und ich habe noch niemanden getroffen.
Ja, es schneit.

Ein Meister des Innehaltens

Jetzt fängt er wieder an, seine Schritte zu zählen. Er rafft seinen davonwehenden Wettermantel, erst rechts und dann auch links, ohne dabei mit dem Zählen aufzuhören. Aber damit kommt er nicht weit. Nur zu bald ist der Augenblick da: die nächste Bushaltestelle kommt, diesmal mit verglaster Schutzwand und Dach zum Unterstellen. Er stellt sich unter, weil das der Sinn des Daches ist, nicht für lange, denn es regnet ja nicht, und ohne daß es regnet, läßt sich ein zu lang bemessener Aufenthalt nicht rechtfertigen. Er kennt das genaue Maß, er weiß, wann der Zeitpunkt überschritten wäre, wo es sich nicht mehr rechtfertigen ließe, daß er sich hier untergestellt hat, und er überschreitet diesen Zeitpunkt nicht. Es wäre allerdings auch nicht klug, zu kurz stehenzubleiben. Das müßte, falls jemand in der Nähe wäre, den Eindruck hervorrufen, als läge dem Stehenbleiben eine Unschlüssigkeit zugrunde. Diesen Eindruck weiß er zu vermeiden um jeden Preis. Dagegen kann er sich durchaus mit dem Gedanken befreunden, daß das Stehenbleiben aussieht wie ein Zögern, also ein Innehalten aus einem guten Grund, der ihm, wenn man so will, gerade in den Sinn gekommen und gut genug ist, um ein Zögern einzuleiten. Gegen ein berechtigtes Zögern läßt sich unter verständigen Menschen nichts einwenden. Das verlangt allerdings Kunstfertigkeit, denn nur allzuleicht sieht ein nicht ganz gelungenes Zögern so aus, als hätte der Jeweilige oder der Betreffende einfach nur zu viel Zeit. Dieser Gedanke ruft jedesmal ein kurzes Lachen auf sein Gesicht, das unter Umständen auch so weit abgekürzt werden kann, daß es nichts mehr ist als ein

Aufzucken des Brauengürtels. Was das angeht, hat er seine Fähigkeiten so weit entwickelt, daß man sie ohne weiteres als meisterhaft bezeichnen darf. Auf dem Gebiet kann ihm normalerweise nichts mehr passieren.

Ja, sagte er bei sich und nickte auch dazu, der Mensch ist unter gewissen Umständen berechtigt, zu zögern.

Er hebt den Kopf, den für eine begrenzte Zeit über seine linke Innentasche zu beugen er sich noch erlaubt hat. Für diesmal hat der Regen ausgereicht, um sein Innehalten zu begründen. Er kann jetzt weitergehen, heraus aus der Eigengesetzlichkeit des Unterstands, aufwärts, nach Osten, gemessen am Stand der Morgensonne. Es hat zu regnen aufgehört. Oder es hat in Wahrheit nie geregnet. Ist das Nichtübereinstimmung? Der Asphalt ist trocken. Nein, sagt er. Er will es nicht sehen. Es ist schwer, der Mitleidlosigkeit der Tatsachen beizukommen.

Aus unverhoffter Beschämung reckt er blind seinen unbedeckten Kopf in den Wind, der heute wie etwas Neues die Straße herunterbraust. Und das genügt, um seinen Sinn auf die Tatsache zu lenken, daß er dort in jenem Unterstand den Fahrplan noch nicht konsultiert hat. Das ist gut. An den Haltestellen sind Fahrpläne angebracht, mit denen ein Mensch von Verstand sich auseinandersetzen kann, ohne aufzufallen. Und schon fällt das Gefühl, blind zu sein, von ihm ab, energisch wendet er sich um, steuert den Fahrplan an und zückt sein Notizbuch.

Auch noch das Notizbuch gezückt zu haben, hätte er sich unter andern Umständen als unkontrollierte Handlung angekreidet, für diesmal aber war er bereit, darauf zu verzichten. Bei einem planmäßigen Verlauf der Dinge hätte er es erst an der nächsten Haltestelle zücken wollen. Ja, sagt er. Wenn man den unplanmäßigen Vorkommnissen gestattet, Einfluß auf den Ablauf der Ereignisse zu nehmen, das weiß er aus Erfahrung, dann hat man nachher alle Hände voll zu tun, sie daran zu hindern, daß sie einreißen, zu einer Gewohnheit werden und am Ende die Oberhand gewinnen.

Aber da er nun einmal mit seinem Notizbuch vor dieser Fahrplantafel steht, muß er es auch benutzen und wenigstens so weit in die Höhe heben, bis es etwa das Niveau der offiziellen Angaben erreicht hat, und dann die jeweiligen Daten auf Übereinstimmung oder Nichtübereinstimmung prüfen, jedenfalls ansatzweise. Mit der Sorge, was nun an der nächsten Haltestelle auf ihn zukommt, kann er sich noch nicht beschäftigen. Erst muß er das Notizbuch wieder einstecken oder noch nicht einstecken, sondern nachdenklich in der Hand behalten, ein paar Schritte sich wie versonnen von seinem Standort entfernen und nochmals innehalten, aber ohne einen Blick in das Notizbuch zu werfen. Der Blick darf jetzt ruhig nach innen gerichtet sein. Dann darf auch die Hand mit dem Notizbuch wie absichtslos sinken und für eine Weile herunterhängen als der unbeteiligte Appendix einer nachdenklichen Seele, aber nicht zu lange, so daß es in der Folge auch wieder möglich wird, das Ding in die Manteltasche zu stecken, ohne daß es auffällt.

Im Gehen tastet seine Hand die Proportionen des Notizbuchs in seiner Tasche ab. Zwischen den Fingern mißt er geduldig die Länge der Kanten und jede denkbare Diagonale und hat, wenn ihn nicht alles täuscht, auf diese Weise bald wirklich das zugrundeliegende Gesetz ertastet und von neuem bewiesen, falls es noch eines Beweises bedarf.

Eine zukunftsträchtige Idee, sagt er nicht ohne Stolz,

nicht ohne Zuneigung und am Ende nicht ohne das helle Bewußtsein der Lehre vom Goldenen Schnitt, der in seiner unüberbietbaren strahlenden Einfachheit die Gehirne der Erfinder erleuchtet und die deutsche Industrienorm hervorgebracht hat.

So geht er dahin, seines von der Bewegung des Gehens oder Ausschreitens, wenn man so will, im Rücken schleudernden Mantels nicht achtend, den Blick jetzt tief berührt nach außen gerichtet. Die nächste Bushaltestelle hat er bereits weit hinter sich gelassen, ohne sie auch nur eines Blickes zu würdigen, und ist nun unterwegs zu einer weiteren Haltestelle, ganz wie ein Mann, der sein Auto zu Hause gelassen hat.

Und dann kommt der Moment, wo ihm bewußt wird, daß in seiner Manteltasche, einem Ort, den er sich nach Möglichkeit freihält, sich noch das Notizbuch befindet, das seiner Natur nach in die Brusttasche gehört.

In einem Augenblick der Unbesonnenheit habe ich mir erlaubt, es dort unterzubringen, sagte er bei sich. Denn ich konnte ja nicht wissen, daß sich das noch als Vorteil erweisen sollte.

Daß er nun die Haltestelle, an der das Notizbuch planmäßig hätte gezückt werden sollen, schon hinter sich hatte, bedeutete eine unverhoffte Erleichterung, befreite es ihn doch von einer Sorge. Er konnte sich suchend umsehen, so lange er wollte, die Haltestelle zeigte sich nicht mehr, so daß man wohl glauben durfte, daß sie bereits verschwunden war.

Nun muß das Notizbuch aus der Tasche genommen, von der rechten in die linke Hand gegeben und dann in die rechte Brusttasche gesteckt werden, damit es dort seinen Platz findet, und all das mit Entschlossenheit und

in angemessenem Tempo, vorzugsweise gemäßigt, aber nicht langsam.
Bevor die Bewegung ihr vorgesehenes Ende finden kann, muß er sich allerdings unterbrechen, innehalten ohne Besinnung, denn der Bus kommt, hier, unvorhergesehen zwischen zwei Haltestellen. Er, der sonst jedes vorbeifahrende Fahrzeug ignorieren kann, als ginge es ihn nichts an, stockt. Sein Fuß verharrt, bis der Bus nicht mehr zu sehen ist.
Nach einem kurzen Blick auf seine gebundenen Schuhe fährt er mit der begonnenen Bewegung fort, führt also die linke Hand, die mit dem Notizbuch vor dem Brustbein wartet, in die rechte Brusttasche, läßt das Objekt darin zurück und die Hand an ihren Platz neben der Mantelnaht zurückkehren, von wo aus sie sich in Bewegung setzen kann, wenn er weiter geht. Denn er geht weiter.
Er hat sich nichts vorzuwerfen.
Das Erscheinen des Busses gehört zu den einkalkulierten Unvorhersehbarkeiten, bei denen er sich ein unplanmäßiges Stocken gestattet. Das ist das spontane Innehalten.
So nennt er das Phänomen, wenn alles gutgeht. Und daß es gut geht, ist der Normalfall. Was hätte es für einen Sinn, sich ständig die Ausnahmen vor Augen zu führen. Wir haben es hier mit dem Normalfall zu tun.
Jetzt läßt er in seinen Gedanken die Stationen vorüberziehen, die noch auf ihn zukommen, Schritt für Schritt, und fängt dann wieder an, seine Schritte zu zählen, nur in Gedanken. Wenn er bei dreiundzwanzig angekommen ist, kommt ihm jeweils etwas in den Sinn, das es ihm unmöglich macht, weiterzuzählen. Selbst wenn er sich an die Zahlen, die dann kommen, erinnern würde, könnte er keinen Gebrauch davon machen.

Ein Projekt, denkt er, ehemals zukunftsweisend, begonnen mit einem kühnen Schwung oben in Holland und nie mehr zuendegeführt, denkt er.
Ob er nun die Schritte auf seiner obligatorischen Bahn zählt, oder ob es die Treppenstufen sind hinauf in sein Zimmer oder die Schlucke des bitteren Kantinenkaffees, jedesmal bei dreiundzwanzig ist Schluß.
Glücklicherweise ist es jetzt nicht mehr nötig, dann innezuhalten. Er hat so lange geübt, daß es ihm im Normalfall gelingt, in dem besagten Augenblick weiterzumachen, als wäre nichts geschehen, den Blick nach vorne hinaus, Schritt für Schritt, dahin, wo unglücklicherweise gerade Leute auf ihn zukommen, Mitmenschen ihrer Natur nach. Er will nicht wissen, wie viele es sind. Er zählt nicht. Er will jetzt auch nicht an bitteren Kaffee denken oder an Treppenstufen und weiß recht gut, daß niemand das Recht hat, das von ihm zu verlangen.
Warum zieht dieser Mensch im Staubmantel seinen Hut vor ihm?
Schnell, nicht ohne unglückliche Hast, fühlt er nach seinem Notizbuch und denkt an all die Notizen, die er selber aufgeschrieben hat. Es ist noch da.
Nein, sagte er, der Luftschutzwart, das war einmal. Das gibt es nicht mehr. Ich weiß, daß es so ist. Habe ich nicht selber gesehen, wie sie ihn eingegraben haben?
Es wäre ihm ganz recht gewesen, wenn jetzt jemand zugehört hätte. Es ist nicht wahr, daß er keine Aussagen machen will.
Regnet es jetzt?
Nein.
Er nickt.
Er knöpft seinen Mantel, nur den mittleren Knopf, zu, als

wäre er eben in diesem Augenblick von rechts aus dem offenen Garagentor getreten, steuert nun die nahegelegene Bushaltestelle an und erreicht sie bei zwölf.
Ein gutes Dutzend.
Der Gedanke macht ihm Freude, und er blickt sich um, über seine Schulter, nach hinten.
Der Mantel muß allerdings wieder aufgemacht werden; er vermißt etwas in seinem Rücken. Zwar hängt der Mantel jetzt, da er an der Haltestelle steht, still herunter, aber beim Weitergehen wird er wohl wieder anfangen zu schleudern, darauf kann man sich einigermaßen verlassen.
Seine Aufmachung ist ebenso sauber wie die von andern Leuten. Er ist nicht schlechter.
Jetzt eine Zigarette.
Nein, heute nicht, erst morgen wieder.
Und wie spät mag es sein?
Es geschieht nur selten, daß er so weit kommt auf seinem Weg, ohne auf die Uhr zu sehen. Es ist etwas Natürliches, auf die Uhr zu sehen, das darf man nicht vergessen. Da die Zeit gut ist, eine gute Zeit, vielleicht ein bißchen weit vorangeschritten, aber sonst gut, kann er sorglos weitergehen.
Er streicht sich mit dem Handrücken die Haare in den Nacken und ist jetzt imstande, auf die unmittelbare Zukunft zu bauen. Alles weitere wird sich daraus ergeben, das läßt sich beweisen, auch ohne die Teilnahme an einem der sogenannten Lebensläufe. Wozu soll der Mensch etwas aus seinem Leben machen? Soll er einen Lottoschein ausfüllen? Mit diesen Dingen befaßt er sich ein für allemal nicht mehr. Keine zehn Pferde könnten mich dazu bringen, würde er antworten für den Fall, daß man ihn dazu aufforderte. Er weiß nur allzu genau, daß es um seine

Gewinnchancen nicht gut steht. Das kann man jederzeit mit den einfachsten mathematischen Mitteln ausrechnen, auch ohne Taschenrechner. Schwarz auf weiß ausgerechnet steht es in seinem Notizbuch. Und es gilt nicht für ihn allein.
Früher hat er sich über lange Zeiträume für den Besitzer von Aktienmehrheiten gehalten, jetzt nicht mehr. Er ist sogar von glaubwürdig aussehenden Personen dazu angehalten worden, und nicht nur einmal, bis sie es am Ende aufgegeben, sich in der untadeligen Aufmachung von Verwaltungsratsmitgliedern aus dem Staub gemacht und ihn mit all den unbestreitbaren Beweisen in seinem Notizbuch alleingelassen haben.
Als er das nächstemal seine Rechte hebt, um die Fingernägel zu prüfen, sieht er ein junges Blatt, eingeklemmt zwischen den Fingern. Ach, es gibt Männer, die Blätter abreißen, ohne es zu merken, das macht nichts.
Die Bushaltestellen sind im Laufe der Jahre alle mit Namensschildern versehen worden. Er weiß das. Und er beachtet sie nicht. Das hat er sich zur Maxime gemacht. Ebensowenig würde er etwas geben auf die unzähligen Reklametafeln an seinem Weg. Etwas anderes sind offizielle Ankündigungen, die erwartungsvoll anzusteuern sich jedermann zur Aufgabe machen sollte.
Da, wo er jetzt ankommt, ist aus dem metallnen Kasten das Glas herausgeschlagen und der Fahrplan, obwohl er seit den letzten Regenfällen wieder getrocknet ist und sich auch so anfühlt, schwer zu lesen.
Wenn es den Menschen ernst wäre mit ihren Beteuerungen, so hätte längst jemand bei der zuständigen Dienststelle anrufen und dafür sorgen müssen, daß der Schaden behoben wird.

Ich werde es melden, sagte er laut. Ich werde zu einem Telefon gehen, die Nummer heraussuchen und telefonieren. Es ist nur natürlich, daß irgendjemand die Verantwortung für eingetretene Schäden übernimmt.
Unbeschwert war sein Schritt, als er weiterging, sorglos. Rasch ging es voran, vorwärts, bergauf, die Häuser der Einheimischen mit ihren Fenstern und Türen flogen nur so vorbei, eins nach dem andern, vorbei.
Die Haltestelle, die da vorne kommt, die wird er ignorieren, das hat er sich vorgenommen. Auch das ist möglich, wenn man bereit ist, die Folgen zu tragen, denn so etwas verzehrt Reserven. Anders der Briefkasten. Hier wird er nachsehen, ob die nächste Leerung schon stattgefunden hat und auf welchen Zeitpunkt die übernächste Leerung gegebenenfalls angesetzt ist, aber ohne etwas zu berühren. Das ist seine freie Entscheidung, da er ja in jedem Augenblick frei ist, sich zu entscheiden, wie andere Leute auch.
Es gibt genug Briefkästen auf seiner Bahn. Sie sind gut sichtbar, man muß sie nicht suchen. Das ist wichtig für Leute, die wirklich Briefe schreiben und frankieren und sie dann auch abschicken. Es gibt entweder Briefkästen oder Fahrscheinautomaten. An der Endstation aber gibt es beides und nur da.
An diesem Briefkasten wie in Gedanken vorüberzugehen, das wäre nicht klug. Man kann auch erst vorübergehen und dann, als erinnere man sich, stutzen, innehalten, aufatmen und umkehren, da es nicht gut aussieht, wenn ein Briefkasten rückwärts angesteuert wird. Und schon steht er vorne vor dir mit seiner Einwurfklappe und den Angaben für die nächste Leerung. Wo ist der Brief, dieser Brief, den ein anderer jetzt hier einwerfen würde? Er ist nicht da. Niemand kann es ihm verübeln, wenn

er ihn unter diesen Umständen nicht einwirft. Eine schnelle Überprüfung der Mantelknöpfe ergibt, daß zur Zeit keiner von ihnen geschlossen ist und jetzt womöglich geöffnet werden könnte in der Enttäuschung darüber, daß der Brief nicht da ist, der eingeworfen werden müßte.

So wie die Dinge nun einmal stehen, geht er nach der Einschaltung eines weiteren begreiflichen Zögerns weiter. Für ihn spielt es keine Rolle, ob die Leute denken, daß er unter Umständen Botengänge macht für eins der ortsansässigen Büros.

Und dann das Blatt in der linken Brusttasche, heraus damit. Wenn nichts anderes auf der Tagesordnung steht, läßt es sich ganze Straßenzüge lang in der Hand halten, in einer oder in beiden, wie es gerade kommt. Oder in Wahrheit doch nicht so, wie es gerade kommt, weil es im Leben nie gerade kommt, das sieht nur so aus. Jedermann, der hinter die Dinge sieht, weiß, daß so etwas viel weniger vom Zufall abhängig ist, als man wohl möchte.

Bei so einem Blatt kann man lange verweilen, ohne Verdacht zu wecken. Es kann eine unbekannte Adresse darauf stehen, mit einer Beschreibung der Lage, nach der man sich richten muß. Kein denkender Mensch wird den Mut haben, das zu bestreiten. Es gibt Menschen, die sogar ihre Autos anhalten am Straßenrand, nur um eine Adresse zu finden.

Das Blatt sieht aus wie ein Brief, ist aber keiner. Früher einmal ist es ein Brief gewesen. Jetzt nicht mehr.

Ja, da ist das Blatt. In seiner Manteltasche.

Er will es jetzt nicht.

In den Taschen können die Hände nicht bleiben. Er wird

sie falten und dann sofort, weil das nicht geht, hängen lassen an der Seite und dann wieder zurück in die Taschen.

Ja, ja, sagt er und schüttelt den Kopf dazu, so geht es. Das Kopfschütteln sieht man nicht. Es ist in seinem Kopf.

Die vorletzte Haltestelle ist gekommen. So nennt er sie bei sich. Hier wird kurz im Vorbeigehen der automatische Knopf gedrückt. Das sieht keiner. Er verzichtet darauf, die Scheibe des Fahrplankästchens abzuwischen, obwohl sie wieder beschlagen ist. Er will den Fahrplan nicht lesen. Er hat etwas anderes im Kopf.

Und da ist jetzt die Kirche mit all ihrem Kommen und Gehen, die Kirche mit ihrem Friedhof und ihrem feierlichen Portal.

Hier vergleicht er gewöhnlich den Stand seiner Uhr mit dem, was die Kirchturmuhr gerade anzeigt. Wie lang mag eine Hundertstelsekunde sein? Gibt es Menschen, die sich das vorstellen können? Es muß sie geben.

Der Gärtner, auch er ein Mann von Dreiundzwanzig, aber jetzt plötzlich gealtert, ist soeben auf seinem Dreirad die Kieswege hinuntergefahren und infolgedessen nicht mehr in der Lage, grüßend herüberzunicken, wie es sonst seine Art ist.

Es ist die Uhr, die schlägt.

Steht ein Begräbnis bevor? Eins von denen, auf die man gehen oder besser nicht gehen müßte?

Nein, sagt er und nickt dazu. Er, der mit seinem Schritt zunächst nur gezögert hat, bleibt jetzt ganz stehen.

Kein Begräbnis, sagt er. Es müßten dann mehr Leute hier sein, ein unfaßbares Gedränge, alle frisch umgezogen und einbalsamiert, schwarze Handschuhe, schwarze Taschen,

schwarze Schleier und über allem ein allmächtiger Wäscheschrankgeruch.
Der Gärtner ist auch schon weit weg mit seinem Chrysanthemenkranz und wird aller Voraussicht nach nicht mehr um eines Grußes willen umkehren.
Das Gefühl inniger Dankbarkeit, nicht zu verwechseln mit einfacher Erleichterung, behält er für sich.
Am Fuß der Treppe, die dort hinaufführt, wendet er sich ab mit allen Anzeichen eines gut begründeten Entschlusses und steht bereits bei sieben am Straßenrand, wo er anhält in Übereinstimmung mit den polizeilichen Vorschriften, denn vor ihm liegt der Fußgängerüberweg. Dann geht es weiter, durch den fließenden Verkehr, nicht zu schnell, aber zuversichtlich, als nähere er sich seinem Bestimmungsort. Er breitet auch seinen Mantel wieder aus, nachdem er ihn nun eine Zeitlang um sich geschlagen hat, so eng, wie es nur möglich war.
Auf der andern Seite, jenseits des Verkehrsstroms, geht die Buslinie zuende, Nummer zweiundzwanzig oder dreiundzwanzig, nicht mehr. Der Bus biegt nach rechts auf einen kleinen Platz, wo es eine Endstation und ein entsprechendes Häuschen gibt. Hier gibt es noch mehr, außer dem obligatorischen Fahrscheinautomaten und der Bank und dem Briefkasten noch eine Wanderkarte. Das Angebot ist groß.
Er kann diesen Ort jetzt aufsuchen oder dann, wenn er zurückkommt, denn er geht ja noch weiter. Er kann es auch beide Male tun, es kommt nicht darauf an. Hier an der Endstation braucht der Mensch nicht so aufzupassen wie anderswo. Er kann die Wanderkarte jetzt studieren und sie dann an der tatsächlichen Geographie überprüfen, um am Ende bei der Rückkehr noch die eine oder andere

Frage zu klären, die möglicherweise in der Praxis Rätsel aufgegeben hat. So macht er es normalerweise. Er kann sich auch jetzt die verschiedenen Tarife für die Fahrscheine einprägen und dann, wenn er zurückkommt, feststellen, ob sich etwas verändert hat.

Der Bus, der hier vor einiger Zeit angekommen sein muß, ist wieder abgefahren. Außer ihm ist niemand da. Er bleibt stehen, da es die Endstation ist.

Der Automat funktioniert und wirft auf Knopfdruck kein Geld aus. Die Wanderkarte ist so unübersichtlich, daß man meinen könnte, die Leute sollten daran gehindert werden, aufs freie Feld hinauszugehen. Mit einem unübersehbaren Kopfschütteln registriert er diese ans Unbegreifliche grenzende Unübersichtlichkeit. Dann ist da noch die Bank. Einmal hat er versucht, darauf Platz zu nehmen, und dann nicht mehr. Zum Schluß einen Blick auf den Briefkasten, der noch nicht geleert worden ist, aber unbedingt bald geleert werden muß, und dann geht es weiter.

Er kommt gut voran. Seine Haare werden jetzt grau.

Vorne bei den letzten Häusern stehen einige Menschen beieinander, so daß er, wenn er nicht geradezu innehalten will, seinen Schritt beschleunigen muß. Er hat den Wunsch, vorüberzugehen. Er denkt an nichts anderes, das ist möglich. So kommt es, daß er, der Wanderer, am Ende gar nicht gemerkt hat, wie er diese Menschen hinter sich gelassen hat. Vor ihm die Straße, jetzt ganz ohne Fußwege, und zu beiden Seiten das weite offene Feld.

Wenn es die Witterung erlaubt, läßt er seinen Mund offen. Er trägt keine Überschuhe, auch bei Sturm nicht. Hier, jenseits der Endstation, fährt ihm der Wind ins offene Auge und rauscht dann vorbei.

Schwarze Gestalten in einem Boot. Und die Wellen so schön.
Nicht stehenbleiben. Wozu sich herumschlagen mit Rätseln, die ihrer Natur nach unlösbar sind? Andererseits, immer den Blick nach vorne hinaus, wer kann das schon? Noch einmal sieht er zurückgewendet auf seine Uhr und naturgemäß auf die von weitem herübergrüßende Kirchturmuhr und darf daraufhin seinen Schritt verlangsamen, als wäre es das Ergebnis des Zeitvergleichs.
Eben noch ausschreitend gegen den rauschenden Wind, fühlt er sich jetzt unvermittelt abgenagt; zu andern Zeiten eher ausgehöhlt, jetzt aber abgenagt.
Nichts ist rätselhaft. Das ist vorbei.
Hoch oben überschreitet er die Autobahn, vorwärts und rückwärts.
Und über ihm das Firmament. Was für ein Wort.
Zu beiden Seiten fliegt ihm jetzt sein guter Übergangsmantel, immer ein Stück voraus. Den Blick niedergeschlagen, kommt er voran. Sein Schritt kann durch und durch unbeirrbar sein, wenn er es so will.
Er hat sich einmal mit dem Phänomen der Reaktionsgeschwindigkeit beschäftigt. Ein schönes Wort, sagte er. Das kann man drehen und wenden, wie man will. Es ist nun einmal so. Ein freier ungebundener Klang. Nicht wie das Stampfen der Kodiermaschinen.
Jetzt vielleicht, so erwägt er, den Blick aufheben, zurück, den Berg hinauf, aber nicht unter allen Umständen. Das wird von Mal zu Mal entschieden. Oben auf dem Gipfel steht ein Apparat, man sieht ihn nicht von unten, aber er ist trotzdem da. Hier werfen die Hiesigen ihr Geld ein und versuchen dann, seinen freien Fall aufzuhalten mit Hilfe einer Vorrichtung, die man in der richtigen Hundertstel-

sekunde betätigen muß. Am Ende kann man auf einer Zahlentreppe ablesen, wie schnell man ist, zwischen eins und dreiundzwanzig. Und dann nicht mehr.
Er möchte wissen, ob sein Zehner noch da ist. Er hat ihn einmal in die linke Brusttasche gesteckt und findet ihn dort wieder.
Das letzte Stück Wegs wird eilends durchmessen, nicht ohne ein gelegentliches Zögern einzuschalten, das auch so aussieht. Und hier ist sie wieder, die Endstation mit all ihren Möglichkeiten. Neben das Haltestellenschild stellt er sich hin, so daß er ganz und gar aussieht wie ein Mensch, der eben in Ruhe gefrühstückt hat und nun aufgebrochen ist zu einer Konferenz und der infolgedessen einen festgelegten Ort zu einer festgelegten Zeit erreichen muß und auch erreichen wird.
Mehrmals drückt er die Tasten des Fahrscheinautomaten, nicht zu oft, nur lange genug, um festzustellen, daß die Zahlen so aufleuchten, wie man es erwarten darf, und nicht etwa doch Anlaß bieten zu Beanstandungen. Er weiß der Durchführung eine spielerische Note zu geben, der man den vorangegangenen Lernprozeß nicht mehr anmerkt. Fast zerstreut scheint er mit dem Finger gegen den Knopf zu stoßen, da er ja mit seinen Gedanken notwendigerweise anderswo ist wie ein Mensch, der seine Verhandlungsposition überdenkt. Dabei fährt der Wind von Süden her in seinen Mantel und schlägt ihn auseinander, so daß es unumgänglich wird, ihn wieder zusammenzuraffen, bevor er weiterzieht.
Über lichtgraue Steinplatten geht es jetzt, über einen kunstvoll ausgeführten Belag, den er niemals beachtet, wenn es nicht sein muß.
Er will auch auf keinen Fall wissen, wie viele es sind.

Unschlüssigkeit gibt es für ihn nach all den Jahren nicht mehr. Die notwendigen oder anständigen Entscheidungen trifft er jeweils ad hoc unter Berücksichtigung der anfallenden Modalitäten. Ist der Mensch etwa dafür gemacht, sich einen Spiegel vorzuhalten?
Und nun wird das Blatt aus der Tasche genommen und sorgfältig zusammengerollt, aber nicht ohne vorher stehenzubleiben und sich nach allen Seiten umzublicken, um diese Rolle dann hinter dem Rücken zu halten, mit beiden Händen, wenn es weitergeht. Man sieht oft Männer, die an schönen Tagen ihre Zeitungen so halten. Oder zurück in die Tasche, das Blatt.
Dann kommt der letzte Briefkasten, wie er ihn in Gedanken nennt. Und schon ist er wieder da, sein Wunsch, vorüberzugehen.
Heute hat er noch einen Zettel in der Tasche, klein und unscheinbar zwar, aber nicht ohne Bedeutung, gefunden auf der sauberen Ablage unter dem Badezimmerspiegel oder auf dem Korridor, als niemand zugegen war, eins oder das andere.
Der kommt ihm jetzt zustatten.
Tief in Gedanken hält er ihn sich vor Augen. Hier, neben der Tanksäule beim Bäcker, die ihn nichts angeht, stellt er einen Fuß auf die Bordsteinkante, aber nicht wie ein Mann, der breitbeinig dasteht, und bleibt so, und ohne den Zettel einzustecken, zieht er sein Notizbuch heraus, um am Ende den Zettel hineinzulegen, schreibt aber, bevor er das tut, mit einem Kugelschreiber noch eine Notiz, und zwar von der Art, daß nun über seinen bereits zum Schreiben vorgebeugten Schultern auch noch die Stirn vorgebeugt werden muß, damit sie mit allem, was dahinter ist, in die Hand gelegt werden und dort für kurze

Zeit Ruhe finden kann in Gedanken, sobald das Festzuhaltende festgehalten ist oder das Niederzulegende niedergelegt, wenn man so will.
Er nickt.
Umsonst.
Nein, nicht umsonst, sagte er bei sich. Nichts ist umsonst.
Er ist wieder in Gang gekommen. Gesenkten Kopfes geht es weiter, unbeirrt und in der festen Überzeugung, daß es so geht.
Er zählt nicht mehr.
Er hat die Konsequenzen gezogen. Beflügelt kann er seinen Weg fortsetzen. Jetzt zeigt es sich auch, daß er recht behalten hat mit seiner Vermutung, es könnte regnen, so daß gerade im rechten Augenblick die nächste gläserne Haltestelle herbeikommt. Es müßte schon ein über die Maßen mitleidloser Mensch sein, wer ihm jetzt nicht zubilligen würde, sich hier unterzustellen und Schutz zu suchen, wie es heißt.
Er bindet seine Schuhe nicht gern, obwohl er es gut kann, sogar besser als die meisten. Seine Uhr zeigt eine ganz bestimmte Zeit, wie gewöhnlich. Man kann nicht ausschließen, daß es sich um einen länger anhaltenden Regen handelt. Gleichmäßig rauscht er herunter von oben aus den Wolken. Flüsternd fahren die Automobile vorüber. Der Asphalt ist schwarz geworden mit einigen Glanzlichtern aus dem Süden. Schwarz sind auch die Schatten der Greifvögel, die an der gläsernen Wand festgemacht werden, um die einheimischen Singvögel zu erschrecken.
So stehen die Dinge, wenn alles gut geht. Aber es geht auch anders.
Er, ein Meister des Innehaltens, der um keinen Preis

seinen Mantel zumachen würde, trägt heute alle Knöpfe geschlossen. Nicht einmal der oberste Knopf seines Überziehers ist davon ausgenommen, obwohl gerade er vom Hersteller durchaus nicht zu diesem Zweck angebracht worden ist, sondern aus ganz anderen, kulturhistorischen Gründen. Kaum findet sich noch Platz für die allernotwendigsten Kopfbewegungen.

Auf dem Kopf hatte er einen Hut, denn es war kalt, möglicherweise der kälteste Tag des Jahres, könnte man sagen, wenn es irgendwo Stellen gäbe, die so etwas messen. Dabei hat er sich wieder und wieder geschworen, nie im Leben einen Hut auch nur andeutungsweise an sich heranzulassen. Es waren seine angewinkelten Brauen und die abrupte Steuerung des Unterarms, mit der er seine Bereitschaft ausdrückte, den Hut bei der nächsten Gelegenheit von sich zu stoßen.

Und am Arm hatte er eine Frau, die um dreißig Jahre älter sein mochte als er und es so einzurichten wußte, daß er mehr an ihrem Arm zu gehen schien als sie an seinem.

Sie sind kaum vorangekommen.

Es war ein schwerer und ganz gewiß gedankenloser Tritt, der nichts anderes erlaubte, als den Blick auf die jeweilige Bepflasterung des Weges zu lenken, die unter diesen Umständen bald ihre unbeschreibliche Nutzlosigkeit offenbaren mußte, während sie in Wahrheit dafür gemacht war, im Fluge überschritten zu werden und dergestalt ihren Sinn zu finden.

Inhalt

Hanna Johansen
Die stehende Uhr

Roman. 1978. Leinen. 170 Seiten

»Ziel des Romans ist nicht das geschickte, leserfreundliche Arrangement bunter Einzelheiten und wechselnder Wirklichkeiten, in denen wir uns bequem wiedererkennen könnten. Hartnäckig und doch leichtfüßig insistiert er auf einer sprachlichen Bewegung, deren Gesetze nicht der Alltagslogik abgelauscht sind und die sich in einem Zeitmaß vollzieht, das auf keiner Uhr abzulesen ist.«

Ulrich Greiner in der
»Frankfurter Allgemeinen Zeitung«

Hanna Johansen
Trocadero

Roman. 1980. Leinen. 179 Seiten

»Mit derart aus der Verzweiflung heraus wachsendem und begründetem Witz, so scheu und zugleich aggressiv, so konkret und dabei weit weg von jeglichem austauschbaren Realismus ist vielleicht überhaupt noch nie von den Erfahrungen einer Frau mit sich selber und der Welt der Männer erzählt worden.«

Heinz F. Schafroth

Hanna Johansen
Die Analphabetin

Erzählung. 2. Auflage 1982. 216 Seiten

Am Rande einer norddeutschen Großstadt erlebt das Mädchen den Krieg in diesem Sommer, der in seinen Augen nur einen Tag, in den Augen der Tante Marta aber ewig dauert. Und fast sieht es so aus, als wäre auch dieser Krieg ein peripheres Ereignis, so unheimlich still ist er da. Und ob er nur einen Tag oder eine Ewigkeit dauert – wo liegt der Unterschied? Wie die Wolken am Himmel kommen und gehen die Tiefflieger. Jeden Tag anders. Jeden Tag gleich. Der Luftschutzkeller in der Nacht, die Radfahrten über die leeren Autobahnen ins schützende Freie am Tag, die Gärtnerei Sliwinskis, der Steingarten, die Tramhaltestelle am Friedhof – das ist der Kriegsschauplatz. Jedes Detail ist hier wichtig und vom Mädchen, von Hanna Johansen, bis zur Durchsichtigkeit ausgeleuchtet. Denn rundherum ist ja alles leer, wird immer noch leerer. Das ist der Krieg. Nicht die Bomben, die fallen. Nicht Blut und Tränen. Der Krieg ist die Leere. Die Löcher, die die Bomben hinterlassen. Auch in den Köpfen der Menschen. Der Krieg ist das, worüber sie dem Mädchen nichts sagen. Der Krieg ist das Nichtwissen, das Schweigen. Das, was den Leuten die Sprache unbrauchbar gemacht hat: die hohlen Wörter, die ausfallenden Antworten, das Unaussprechbare, das Unvorstellbare. Das in Hanna Johansens Buch lautwerdende Schweigen. Das »Geschüttelt von Unwissenheit«.

Samuel Moser, Süddeutsche Zeitung